Scherz Krimi
Spannung mit Niveau

Von Edgar Wallace sind erschienen:

A. S. der Unsichtbare
Bei den drei Eichen
Die Bande des Schreckens
Der Banknotenfälscher
Die blaue Hand
Der Brigant
Der Derbysieger
Die Diamantenbrosche
Der Diamantenfluß
Der Doppelgänger
Die drei Gerechten
Die Drei von Cordoba
Ein gerissener Kerl
Der Engel des Schreckens
Der Frosch mit der Maske
Das Gasthaus an der Themse
Die gebogene Kerze
Geheimagent Nr. 6
Das Geheimnis der gelben Narzissen
Das Geheimnis der Stecknadel
Das geheimnisvolle Haus
Die gelbe Schlange
Das Gesicht im Dunkel
Großfuß
Der grüne Bogenschütze
Der grüne Brand
Glucumatz der Allmächtige
Hands up!
Der Hexer
Das indische Tuch
Der Joker
Louba, der Spieler
Mary Ferrera spielt System
Die Millionengeschichte
Neues vom Hexer (Kurzgeschichten)
Penelope an Bord der Polyantha
Der Rächer
Richter Maxells Verbrechen
Der rote Kreis
Der Safe mit dem Rätselschloß
Der schwarze Abt
Der sechste Sinn des Mr. Reeder
Die seltsame Gräfin
Der Teufel von Tidal Basin
In den Tod geschickt
Die toten Augen von London
Die Tür mit den 7 Schlössern
Turfschwindel
Überfallkommando
Die unheimlichen Briefe
Das Verrätertor
Der viereckige Smaragd
Die vier Gerechten
Zimmer 13
Der Zinker

Edgar Wallace

Der Diamantenfluss

Scherz
Bern – München – Wien

Ungekürzte und neu übersetzte Ausgabe
Übertragung aus dem Englischen von Hedi Hummel-Hänseler
Titel des Originals: »The River of Stars«
Schutzumschlag von Heinz Looser
Foto: Thomas Cugini

2. Auflage 1988, ISBN 3-502-51003-2

Gesamtherstellung: Ebner Ulm

1

Der Weg ins Alebiland führt durch den Busch. Eine kaum wahrnehmbare Spur zieht sich durch Wald und Sumpf, durch Dschungel und über dichtbewachsene Hügel.
Keiner der Nebenarme des großen Flusses kommt durch diese Gegend, wo, wie es heißt, wilde und unbekannte Stämme hausen, wo Zauberei und seltsame Sitten herrschen.
Und wo sich der »Fluß der Sterne« befindet.
Eines Tages begab sich eine Expedition unter der Führung eines weißen Mannes in dieses unwirtliche Land. Er hatte Träger und schwere Kisten mit Proviant dabei und war an einem Morgen im Oktober mit dem Küstendampfer eingetroffen. Im ganzen waren es vier weiße Männer gewesen; einer von ihnen, der Anführer, war ein freundlicher Herr in mittleren Jahren, groß und kräftig.
Ein anderer war dabei, der keinen Hehl daraus machte, daß er nicht daran dachte, die Expedition zu begleiten. Er war ebenfalls groß, aber von massigem Körperbau und feister im Gesicht, und er vertat seine Zeit mit Warten, während sich die Karawane auf die Abreise vorbereitete, rauchte lange Zigarren und fluchte über das Wetter.
Wenige Tage, bevor sich die Expedition auf den Weg machte, nahm er den Anführer beiseite.
»Hören Sie, Sutton«, begann er, »diese Sache hat mich einen Haufen Geld gekostet, und ich habe nicht die Absicht, es durch eine Dummheit Ihrerseits zu verlieren – nehmen Sie es mir nicht übel, aber ich sage nun mal offen heraus, was ich denke. Sobald Sie diese Mine gefunden haben, nehmen Sie Proben mit, aber vor allem brauchen wir präzise Angaben darüber, wo sie liegt. Wo genau sich der Fluß befindet, weiß ich nicht. Aber Sie haben den Plan, den uns die Portugiesen gaben –«
Der andere unterbrach ihn mit einem kurzen, nervösen Lachen. »Jedenfalls liegt er nicht auf portugiesischem Gebiet.«
»Um Himmels willen, Sutton«, beschwor ihn der Dicke verzweifelt, »schlagen Sie sich endlich diese portugiesischen Rosinen aus dem Kopf – ich habe Ihnen schon zwanzigmal gesagt, daß es sich niemals um portugiesisches Territorium handeln kann. Der Fluß fließt durch britischen Boden –«

»Aber Sie wissen, daß das Kolonialministerium –«
»Ich kenne das Kolonialministerium«, fiel ihm der andere ins Wort. »Ich weiß, daß es verboten ist, und außerdem ist es gefährlich. Hier«, er zog ein flaches, rundes Etui aus der Tasche, »benützen Sie diesen Kompaß, sobald Sie die erste Hügelkette erreichen. Haben Sie noch andere Kompasse dabei?«
»Zwei«, sagte der Angesprochene erstaunt.
»Die geben Sie mir.«
»Aber –«
»Her damit, mein Lieber«, befahl der Dicke verdrießlich. Mit gutmütigem Schulterzucken entfernte sich der Anführer und kehrte nach wenigen Minuten mit den beiden Instrumenten zurück. Im Austausch dafür nahm er das Etui entgegen und öffnete es.
Der Kompaß hatte keine Nadel, dafür bewegte sich die ganze Skala, sobald man daran drehte.
Noch etwas überraschte den Führer, und er runzelte die Stirn.
»Seltsam«, meinte er verwundert. »Sind Sie sicher, daß dieser Kompaß stimmt? Norden müßte sich eigentlich direkt hinter der Fahnenstange des Kommissariats befinden – ich habe es gestern vom gleichen Standort aus –«
»Mumpitz!« unterbrach ihn der andere. »Dieser Kompaß ist geprüft; glauben Sie, ich will Sie in die Irre führen, nachdem ich soviel Geld in die Sache hineingesteckt habe?«
Am Morgen vor dem Aufbruch der Expedition erschien ein kleiner brauner Mann mit einem großen weißen Helm auf dem Kopf und einem Fliegenwedel in der Hand.
»Sanders, Commissioner«, stellte er sich lakonisch vor. »Ich komme eben aus dem Landesinneren zurück; tut mir leid, daß ich nicht eher hier war. Sie wollen in den Busch?«
»Ja.«
»Diamanten, nehme ich an?«
Sutton nickte.
»Sie werden bei den Eingeborenen auf verteufelten Widerstand stoßen. Die Alebi und die Otaki werden Hackfleisch aus Ihnen machen wollen.« Nachdenklich ließ er seinen Fliegenwedel hin und her sausen.
»Vermeiden Sie Konflikte«, sagte er schließlich, »ich wünsche auf unserem Gebiet keinen Krieg – und bleiben Sie von der

portugiesischen Grenze weg!«
Sutton lächelte.
»Wir werden um diese berühmte Grenze einen großen Bogen machen – das Kolonialministerium ist über unsere Route informiert und hat zugestimmt.«
Sanders betrachtete Sutton mit ernstem Gesicht. »Viel Glück!«
Tags darauf machte sich die Expedition im Morgengrauen auf den Weg und verschwand hinter dem Fluß Isisi im Wald.
Eine Woche später schiffte sich der Dicke nach England ein.
Monate vergingen, und keiner kehrte zurück, auch hörte man keinerlei Nachricht von der Expedition. Ein Jahr ging dahin, ein zweites, und immer noch nicht das geringste Zeichen.
Jenseits des Meeres begann man unruhig zu werden. Kabeldepeschen, Briefe und amtliche Mitteilungen erreichten den Commissioner und trugen ihm auf, nach den Männern zu suchen, die ausgezogen waren, den Fluß der Sterne zu finden.
Sanders schüttelte den Kopf.
Wie sollte er hier jemanden suchen? Anderswo könnte ein wendiger kleiner Dampfer in ein Dutzend Flußläufe eindringen, einen Rückstoßlader gut sichtbar auf dem Bug postiert. Aber das Alebiland war Busch. Man brauchte einen Trupp Bewaffneter, und die kosteten Geld...
Dennoch schickte er heimlich zwei Spione aus, gewitzte Männer und erfahrene Jäger.
Drei Monate blieben sie weg. Als sie zurückkamen, führte der eine den andern.
»Die Alebi haben ihn erwischt«, erklärte der Gesunde ungerührt, »und ihm die Augen ausgestochen. In der Nacht, als sie ihn umbringen wollten, habe ich seine Wächter getötet und ihn in den Busch geschleppt.«
Sanders stand im Mondlicht vor seinem Bungalow und blickte vom Sprecher zu dem Blinden, der ergeben mit seinen Fingern spielte.
»Und habt ihr etwas von den weißen Männern gehört?« fragte er schließlich. Der Sprecher wandte sich an seinen blinden Gefährten.
»Sag, was du gesehen hast, Messambi.«
»Knochen«, krächzte der Blinde. »Ich sah Knochen, nichts als

Knochen. Sie haben die weißen Leute auf einem großen Platz vor dem Haus des Chefs gekreuzigt, und man sagt, daß keiner mehr lebt.«
»Das hatte ich mir gedacht«, meinte Sanders ernst und schickte einen Rapport nach England.
Wiederum vergingen Monate, der Regen kam, und auf den Regen folgte die grüne Jahreszeit. Sanders war beschäftigt, wie nur ein Commissioner im Westen Zentralafrikas beschäftigt sein kann, wo Schlafkrankheit und Stammesfehden an der Tagesordnung sind.
Er war in den Busch geholt worden wegen der Machenschaften eines Medizinmannes. Sechzig Meilen weit reiste er auf dem verschlungenen Pfad ins Alebiland und wählte als Gerichtsstätte den kleinen Ort M'Saga. Er hatte zwanzig Haussas dabei, sonst wäre er wohl kaum unbehelligt so weit gekommen. Er saß unter dem Strohdach des Palavergebäudes und hörte sich die unwahrscheinlichsten Geschichten von Hexerei, Verwünschung und anschließenden verheerenden Krankheiten an, von grauenvollen Ritualen, die sich zwischen Mond- und Sonnenaufgang abspielten, und fällte sein Urteil.
Der Zauberer war ein alter Mann, aber Sanders hatte keinen Respekt vor grauen Haaren.
»Ich bin überzeugt, daß du ein böser Mensch bist«, erklärte er, »und –«
»Master!«
Es war der Kläger, der ihn unterbrach und, abgezehrt von Krankheit und Angst, in den Kreis der Soldaten und teilnahmslosen Einwohner trat.
»Master, er ist ein schlimmer Mann –«
»Sei still«, befahl Sanders.
»Er treibt Zauberei mit dem Blut eines weißen Mannes!« schrie der andere, während ihn zwei Soldaten auf ein Zeichen von Sanders packten.
»Er hat im Wald einen weißen Mann festgebunden –«
»Was?«
Sanders war aufmerksam und neugierig geworden. Er kannte die Eingeborenen besser als irgendwer; er vermochte, Lügen zu erkennen, aber auch – was noch schwieriger war – die Wahrheit herauszuhören. Er winkte das Opfer des Medizinmannes zu

sich her.
»Was erzählst du da von einem weißen Mann?«
Ein wütendes Murmeln des Zauberers ließ den Ankläger zögern.
»Fahr fort«, ermunterte ihn Sanders.
»Er sagte –«
»Heraus damit!«
Der andere zitterte von Kopf bis Fuß.
»Im Wald ist ein weißer Mann – er kam vom Fluß der Sterne – der Alte hat ihn gefunden und in eine Hütte gesperrt. Er benützt sein Blut zum Zaubern...«
Der Mann führte sie einen Waldweg entlang, hinter ihm folgten Sanders und, von sechs Soldaten umgeben, mit gebundenen Händen, der Medizinmann.
Die Hütte war zwei Meilen vom Dorf entfernt. Ringsum wuchs Elefantengras so hoch, daß sie kaum sichtbar war. Das Dach war verfault und eingefallen, das Innere in einem grauenhaften Zustand...
Auf dem Boden lag ein Mann, mit einem Bein an einen schweren Klotz gekettet; er lachte leise vor sich hin und sprach wie ein Gentleman.
Die Soldaten trugen ihn hinaus und legten ihn behutsam auf die Erde. Seine Kleider waren in Fetzen, Haar und Bart lang und zottig, und an beiden Armen hatte er ungezählte kleine Wunden, wo ihm der Medizinmann durch Messerschnitte Blut entnommen hatte.
»M-m«, meinte Sanders und kaute an den Lippen.
»Fluß der Sterne«, gluckste der Mann vor sich hin. »Hübscher Name – was? Kimberley ist nichts dagegen. Ich wollte es nicht glauben, bis ich es mit eigenen Augen sah... das ganze Flußbett voll mit Diamanten, aber du wirst sie nie finden, Lambaire, nicht mal mit der Karte oder deinem verdammten Kompaß... In einem Versteck habe ich Werkzeug zurückgelassen und Lebensmittelvorräte für längere Zeit...«
Er fuhr mit der Hand zwischen die Fetzen seines Hemdes und brachte ein Stück Papier zum Vorschein.
Sanders bückte sich danach, aber die magere Hand des Mannes stieß ihn zurück.
»Nein, nein, nein«, keuchte er. »Nimm du das Blut, das ist dein

Job – ich bin stark genug, um es auszuhalten – und eines Tages werde ich hier weggehen...«
Zehn Minuten später war er in einen tiefen Schlaf gesunken.
Sanders nahm das Papier und steckte es in die Tasche seiner Uniform.
Der Mann war in einem so erbärmlichen Zustand, daß Sanders sich nicht getraute, ihn mitzunehmen. Er befahl seinen Leuten, im Dorf zwei Zelte zu holen und ließ sie neben der Hütte aufstellen. In der folgenden Nacht jedoch, als alles schlief und die beiden Eingeborenenfrauen, die Sanders beauftragt hatte, über den kranken Mann zu wachen, neben ihrem Schützling schnarchten, stand dieser heimlich von seinem Lager auf und schlich sich in die sternklare Nacht hinaus.
Als Sanders am nächsten Morgen erwachte, fand er ein leeres Zelt vor und nicht weit davon, am Ufer eines kleinen Flusses, eine Handvoll Lumpen, die einst die Kleider des weißen Mannes gewesen waren.
Der Medizinmann von M'Saga, am frühen Morgen zum Palaver gerufen, erschien in Ketten und war sich darüber im klaren, welche Strafe ihn erwartete, denn die Haussas hatten unweit des Dorfes im Wald zahlreiche Reste von Menschenopfern ausgegraben.
»Master«, sagte er unter dem harten Blick von zwei grauen Augen, »ich sehe Tod in deinem Gesicht.«
»Du sprichst die Wahrheit«, sagte Sanders und ließ ihn an Ort und Stelle hängen.

2

Amber saß in der Strafanstalt Wellboro in seiner Zelle, pfiff leise vor sich hin und schlug dazu mit bestrumpften Füßen den Takt auf dem Boden. Den Stuhl hatte er schief gegen die Wand gelehnt und wippte auf zwei von seinen drei Beinen.
Kritisch wanderten seine Augen durch den kleinen Raum.
Auf einem Sims standen Gabel und Eßgeschirr, darüber hing – vergilbt – die Gefängnisordnung. Das Bettzeug war ordentlich zusammengelegt. Er nickte bedächtig, ohne sein Pfeifen zu

unterbrechen.
Etwas links über dem Bett befand sich ein kleines Fenster mit verdicktem Glas, das wohl Tageslicht einließ, aber keinen Blick in die Außenwelt ermöglichte. Direkt über dem Bett, auf einem zweiten Sims, lagen eine Bibel, ein Gebetbuch und ein schmuddeliger Band aus der Leihbibliothek,
Amber schnitt ihm eine Fratze; es war ein ausnehmend langweiliges Buch, geschrieben von einer ausnehmend langweiligen Missionarin, die zwanzig Jahre auf Nord-Borneo verbracht hatte, ohne mehr darüber zu wissen, als daß es dort »sehr heiß« war und die eingeborenen Hausangestellten mitunter »recht anstrengend« sein konnten.
Amber hatte mit ausgeliehenen Büchern noch nie Glück gehabt. Als er vor fünf Jahren zum erstenmal ein Zuchthaus Seiner Majestät von innen kennengelernt hatte, nahm er sich vor, einen Lehrgang über Wirtschaftspolitik und einen anderen über griechische Dramen zu absolvieren, und bat um entsprechende Bücher. Er wurde mit einer »Einführung in die griechische Grammatik« sowie dem »Schweizerischen Robinson« bedient, die ihm beide wenig nützten. Eine Weile vergnügte er sich damit, die Abenteuer des wackeren Schweizers in lateinische Verse zu übersetzen, fand diese Beschäftigung aber bald unbefriedigend. Zum Glück war seine Strafe früher verbüßt, als er erwartet hatte.
Während seines vierten Freiheitsentzugs wollte er sich der Chemie zuwenden, aber auch mit dieser Wissenschaft hatte er Pech: Ein Buch über Heilpflanzen war alles, was er sich beschaffen konnte.
Amber war zu der Zeit, von der hier die Rede ist, um die Dreißig, etwas mehr als mittelgroß, gut gebaut, obwohl er eher schmächtig wirkte. Wenn er lächelte, zeigte er zwei Reihen schneeweißer Zähne, und er lächelte oft. Die Hälfte seines Gesichts war zwar im Moment unrasiert, was dem Gesamteindruck etwas abträglich war, dennoch war er selbst in der häßlichen Tracht der Strafanstalt ein ausgesprochen gutaussehender junger Mann.
An der Tür war das Geräusch eines Schlüssels zu hören, und er erhob sich, als der Riegel zweimal zurückschnappte und die Tür nach außen aufschwang.

»75!« rief eine gebieterische Stimme. Er trat aus der Zelle auf die lange Galerie hinaus und stand stramm.
Der Wärter ließ die Schlüssel am Ende einer glänzenden Kette schwingen und deutete auf die Schuhe des Sträflings, die ordentlich neben der Zellentür standen.
»Anziehen!«
Amber gehorchte, und der Wärter schaute ihm dabei zu.
»Wozu diese Störung, Augustus?« fragte Amber kniend.
Der Wärter, der nicht Augustus hieß, gab keine Antwort. Früher hätte er Amber wegen »anmaßenden Verhaltens« aufgeschrieben, inzwischen aber waren die Absonderlichkeiten dieses Mustersträflings hinlänglich bekannt, und außerdem durfte Amber mit einer gewissen Nachsicht rechnen, war er es doch gewesen, der Hilfswärter Beit vor der Londoner Meute errettet hatte. Das war 1906 im Gefängnis von Devizes gewesen, aber die Welt der Gefängnisse ist eine kleine Welt, und Ambers Ruf war von Exeter bis Chelmsford und von Lewes bis Strangeways gedrungen.
Er folgte dem Wärter die Galerie entlang und eine polierte Stahltreppe hinunter auf den Boden der großen Halle und von dort durch einen schmalen Verbindungsgang zum Büro des Direktors. Er wartete ein paar Minuten, bis er in dessen Heiligtum eingelassen wurde.
Direktor Bliss saß an seinem Schreibtisch, ein kleiner Mann mit schwarzem Schnauzer und grauen Schläfen.
Mit einem Nicken entließ er den Wärter.
»75«, begann er, »Sie werden auf Antrag des Innenministeriums morgen entlassen.«
»Jawohl, Sir«, sagte Amber.
Schweigend dachte der Direktor einen Augenblick nach, während seine Finger geräuschlos auf die Schreibunterlage trommelten.
»Was werden Sie tun?« fragte er plötzlich.
Amber lächelte.
»Meine Verbrecherkarriere fortsetzen«, erklärte er fröhlich.
Kopfschüttelnd runzelte der Direktor die Stirn.
»Ich begreife Sie nicht – haben Sie denn keine Freunde?«
Ein erneutes Lächeln.
»Nein, Sir«, klang es noch unbeschwerter. »Ich kann nieman-

dem die Schuld an meiner Überführung zuschieben, außer mir selbst.«
Der Direktor blätterte in einigen Papieren, die vor ihm auf dem Schreibtisch lagen.
»Zehn Verurteilungen!« sagte er. »Ein Mann mit Ihren Fähigkeiten – bei Ihrer Begabung hätten Sie es längst –«
»O nein, ich hätte nicht«, fiel ihm der Sträfling ins Wort. »Das ist eine beliebte Theorie der Richter, aber sie stimmt nicht. Ein Mann, der ein geschickter Verbrecher ist, muß darum kein erfolgreicher Architekt sein, und einer, der einen Scheck fälschen kann, braucht als Kaufmann kein Vermögen zu machen. Jeder durchschnittlich intelligente Mensch kann als Krimineller hervorragend sein, weil seine Berufskollegen lauter schwachsinnige Dummköpfe sind.«
Er trat einen Schritt nach vorn und stützte sich auf den Rand des Schreibtischs.
»Erinnern Sie sich noch, wie ich in Sandhurst war, Sir? Sie gehörten zu meinem Jahrgang. Sie wissen vielleicht, daß ich von den Zuwendungen eines Onkels abhängig war, der leider vorzeitig starb. Wozu taugte ich schon, als ich von der Schule abgehen mußte? Die erste Woche in London war kein Problem, ich hatte immerhin noch zehn Pfund, aber nach einem Monat meldete sich der Hunger. Damals versuchte ich's mit dem spanischen Sträflingstrick und spielte mit der Habgier von Menschen, die dachten, mit kleinem Einsatz ein riesiges Vermögen zu machen – für mich war es leicht verdientes Geld.«
Der Direktor schüttelte erneut den Kopf.
»Seither habe ich alle erdenklichen Gaunereien begangen«, fuhr 75 fort, »und jeden möglichen Dreh ausprobiert.« Er lächelte wie in angenehmer Erinnerung. »Es gibt in diesem Spiel keinen Zug, den ich nicht kenne, und in ganz London nicht einen einzigen Schurken, dessen Biographie ich nicht schreiben könnte. Ich habe weder Freunde noch Verwandte und auf der ganzen Welt keinen Menschen, der sich auch nur einen Pfifferling um mich kümmert, und ich bin froh darüber. Und ich war nicht zehnmal im Zuchthaus, sondern einige Male mehr.«
»Sie sind ein Dummkopf«, sagte der Direktor statt dessen und drückte auf einen Klingelknopf.
»Ich bin ein abenteuerlustiger Philosoph«, kam es selbstzufrie-

den von 75, als der Wärter eintrat, um ihn in die Zelle zurückzuführen.
Kurz bevor die Gefängnisglocke Bettzeit verkündete, brachte ihm ein anderer Wärter ein ordentlich gefaltetes Kleiderbündel.
»Sehen Sie nach, ob nichts fehlt«, sagte er freundlich und reichte dem Sträfling eine Liste.
Amber öffnete das Bündel, breitete die Kleider aus, schüttelte sie und legte sie aufs Bett.
»Sie wissen besser mit anderer Leute Sachen umzugehen als in Walton«, lobte er anerkennend. »Keine Knitter in der Jacke, die Hose schön gebügelt – hoppla, wo ist mein Augenglas?«
Er fand es, sorgfältig in Zeitungspapier gewickelt, in der Westentasche und sparte nicht mit Lob.
»Ich schicke Ihnen morgen früh einen Mann, der Sie rasiert«, sagte der Wärter und zögerte in der Tür.
»75«, begann er nach einer Pause, »Sie sollten nicht mehr hierherkommen.«
Verwundert hob Amber die Brauen.
»Warum nicht?«
»Weil dies ein Knast für schwere Jungs ist«, erklärte der Wärter. »Ein Gentleman wie Sie! Sie haben einen solchen Ort doch bestimmt nicht nötig!«
Amber betrachtete ihn mit dem Glitzern eines Lächelns in den Augen.
»Sie sind undankbar«, sagte er sanft. »Männer wie ich verleihen diesem Ort einen gewissen Klang, und außerdem dienen wir den schlimmeren und gesetzloseren Insassen als Vorbild.«
Der Wärter stand immer noch in der Tür.
»Es gäbe für jemanden wie Sie einen Haufen Arbeitsmöglichkeiten«, meinte er fast mißgünstig«, wenn Sie von Ihren Fähigkeiten nur den rechten Gebrauch machen wollten –«
Weltmännisch hob 75 die Hand zum Protest.
»Jetzt zitieren Sie die Sonntagsbeilage«, tadelte er, »und das möchte ich mir denn doch verbitten – auch von Ihnen.«
Später, im Personalraum, ließ Mr. Scrutton vernehmen, was ihn angehe, so habe er 75 als unrettbar abgeschrieben.
Auch in dem kleinen Eßzimmer seines Privatquartiers, wo Direktor Bliss mit dem stellvertretenden Direktor bei Tisch saß, war Amber Gegenstand des Gesprächs.

»Ich kann nachdenken, wie ich will«, erklärte der Direktor, »ich entsinne mich nicht, daß dieser Amber jemals in Sandhurst war – er sagt, er erinnere sich an mich, aber ich kann ihn nirgends unterbringen ...«

Am andern Morgen stand eine kleine Gruppe Menschen vor dem Gefängnistor, meist ärmlich gekleidete Männer und Frauen, die auf die Entlassung von Angehörigen oder Freunden warteten.

Amber erschien mit energischem Schritt. In seinem sauberen Tweedanzug, dem weichen Homburg und mit seinem Augenglas hielten ihn die Wartenden irrtümlich für einen Gefängnisbeamten und traten respektvoll zur Seite. Selbst die entlassenen Sträflinge, die herumstanden, erkannten ihn nicht wieder, so sauber rasiert und herausgeputzt, wie er war. Nur ein schwarzgewandeter junger Mann mit blassem, ernstem Gesicht hatte ihn erwartet und trat nun mit ausgestreckter Hand auf ihn zu.

»Amber?« fragte er zögernd.

»Mr. Amber«, verbesserte ihn der Angesprochene, den Kopf schief vorgereckt wie ein neugieriges Huhn.

»Also gut, Mr. Amber. Mein Name ist Dowles. Ich bin Mitarbeiter der Liga zur Verhinderung von Rückfälligkeit.«

»Sehr interessant – wirklich sehr interessant«, murmelte Amber und schüttelte mit Vehemenz die Hand des jungen Mannes.

»Eine gute Sache, aber mühsam, Sir, äußerst mühsam.«

Betrübt schüttelte er den Kopf und wollte sich mit einem Nicken verabschieden.

»Einen Augenblick, Mr. Amber.« Die Hand des jungen Mannes hatte sich auf seinen Arm gelegt.

»Ich habe von Ihnen und Ihrem Mißgeschick gehört – dürfen wir Ihnen nicht helfen?«

Amber legte nun seinerseits die Hand auf des anderen Schulter.

»Mein lieber Junge, Sie sind an den falschen Mann geraten. Ich kann mein Leben nicht mit Holzhacken verdienen. Ehrliche Arbeit ist für mich so wenig anziehend wie die Erde für den Mond; ich mache alle vierundzwanzig Stunden einen Bogen darum, ohne mich ihr zu nähern. – Hier!«

Er ließ eine Hand in die Tasche gleiten und brachte ein paar Scheine sowie Hartgeld zum Vorschein.

»Für die gute Sache«, sagte er großmütig, drückte dem jungen Mann eine Münze in die Hand und marschierte davon.

3

Die regelmäßigen Besucher des »Whistler«-Clubs waren ein seltsames Völkchen. Wenige, wenn überhaupt irgendwelche Namen im Mitgliederverzeichnis besaßen gesellschaftlichen Rang. Dennoch genoß der Club einen beträchtlichen Ruf. In der jungen Lebewelt Londons brüstete man sich hinter vorgehaltener Hand damit, eine Nacht im »Whistler« verbracht zu haben; einige deuteten sogar hohe Einsätze an. Die reichen jungen Herren allerdings, die wußten, wie hoch die Einsätze waren, hörte man nicht davon sprechen, weil sie zweifellos ahnten, daß die Welt für die Geständnisse eines Dummkopfs wenig übrig hat, weshalb denn auch die Beweise, nach denen die Polizei suchte, nie erbracht werden konnten.
Eines Abends im Oktober erfreute sich der Club eines außerordentlichen Andrangs. Ein Taxi nach dem andern setzte gutgekleidete Herren vor dem Portal in der Curefax Street ab.
Einige kamen nach kurzer Zeit wieder heraus und fuhren weg, aber die meisten schienen zu bleiben. Es ging schon auf Mitternacht, als ein Taxi vorfuhr, dem drei Fahrgäste entstiegen. Ob zufällig oder gewollt, jedenfalls hatte der Club außen kein Licht, und die nächste Straßenlampe stand ein paar Meter entfernt, so daß die Besucher im Halbdunkel kommen oder gehen konnten und ein Beobachter Mühe gehabt hätte, einen Gast zu identifizieren.
In diesem Fall war der Taxifahrer mit der Örtlichkeit offenbar nicht vertraut, fuhr ein Stück zu weit und hielt fast bei der Lampe an.
Einer der Neuankömmlinge hatte einen schwarzen Schnurrbart, und seine breiten Schultern ließen auf beachtliche Körperkräfte schließen. Bei Licht besehen verschwand allerdings viel von seinem soldatischen Aussehen, denn sein Gesicht war aufgedunsen, und unter den Augen hingen Tränensäcke. Ihm folgte ein etwas kleinerer Mann, der bedeutend jünger aus-

sah, als er war, denn Haar, Augenbrauen und Schnauzer waren so blond, daß sie fast weiß schienen. Nase und Kinn bildeten jene Form, die man in Ermangelung einer besseren Umschreibung als »Nußknacker« bezeichnen kann, und von der Schläfe bis zur Stirn lief eine lange rote Narbe.

Der erste war Alphonse Lambaire. Ob das sein richtiger Name war, muß dahingestellt bleiben. Alles übrige an ihm war jedenfalls englisch.

Der zweite Mann war bekannt unter dem Namen Whitey – für die Angestellten des Clubs »Mr. Whitey«, und als »George Whitey« figurierte er im Polizeiregister, nachdem die Hüter der Ordnung einmal einen erfolglosen Versuch gemacht hatten, ihn in ihr Netz zu ziehen.

Der dritte war ein achtzehnjähriger Jüngling von gutem, wenn auch etwas mädchenhaftem Aussehen. Als er aus dem Wagen stieg, stolperte er leicht, und Lambaire faßte ihn am Arm.

»Vorsicht, alter Junge.« Lambaires Stimme war tief und voll. »Bezahl diesen Teufelsbraten, Whitey – aber nur den Betrag auf der Uhr und keinen Penny mehr. – Kommen Sie, Sutton, halten Sie sich fest, Junge.«

»Den kriegen wir bald wieder hin, was, Boss?«

Whitey hatte eine hohe, piepsende Stimme und sprach sehr schnell.

»Nimm seinen Arm, Whitey«, sagte Lambaire. »Ein paar alte Brandys machen aus ihm gleich einen neuen Mann...«

Sie verschwanden durch die Schwingtür des Clubs, und das Brummen des abfahrenden Taxis wurde immer schwächer.

Ein paar Minuten lag die Straße beinahe verlassen da, dann bog ein Wagen um die Ecke des St. James's Square. Sein Fahrer schien sich in der Gegend ebenfalls nicht auszukennen, denn er verlangsamte die Fahrt und kroch die Straße entlang, während er gleichzeitig die Hausnummern absuchte. Vor Nummer 46 stoppte er plötzlich, sprang vom Sitz und öffnete den Schlag.

»Hier ist es, Miss«, sagte er respektvoll, und eine hübsche junge Dame stieg aus dem Wagen. Offensichtlich hatte sie den Abend im Theater verbracht, denn sie war in Abendtoilette und hatte einen Opernschal über die nackten Schultern gelegt.

Sie zögerte einen Augenblick, dann stieg sie die zwei Stufen zum Club hinauf und zögerte erneut.

Schließlich kehrte sie zum Wagen zurück.
»Soll ich fragen, Miss?«
»Wenn ich Sie bitten dürfte, John.«
Sie stand auf dem Bürgersteig und sah zu, wie der Fahrer an das Glasfenster der Tür klopfte.
Ein Bedienter machte auf und betrachtete ihn abschätzig.
»Mr. Sutton – nein, wir haben kein Mitglied dieses Namens.«
»Sagen Sie ihm, daß er nur als Gast gekommen ist«, bat die Dame. Der Angestellte schaute am Kopf des Fahrers vorbei, erblickte sie und zog die Brauen hoch.
»Er ist nicht hier, Madam«, erklärte er.
Sie trat näher.
»Er ist hier – ich weiß, daß er hier ist.« Ihre Stimme klang ruhig, obwohl sie zweifellos aufgeregt war. »Sagen Sie ihm, daß ich ihn dringend sehen muß – sofort.«
»Er ist nicht hier«, wiederholte der Mann hartnäckig.
Die Szene hatte einen Zuschauer. Er war die Straße heruntergeschlendert und im Schatten des Autos stehengeblieben.
»Er ist hier!« Sie stampfte mit dem Fuß auf. »In diesem elenden, verruchten Club – er wird ausgeraubt –, es ist schändlich!«
Der Bediente machte ihr die Tür vor der Nase zu.
»Ich bitte um Entschuldigung.«
Ein junger Herr, sauber rasiert, mit Augenglas und in einem höchst adretten Tweedanzug stand vor ihr, den Hut in der Hand. Er trug ein fröhliches Lächeln zur Schau.
»Kann ich Ihnen irgendwie behilflich sein?«
Sein Benehmen war tadellos, seine Haltung drückte Respekt aus, und in ihrer Verzweiflung vergaß die junge Dame, vor diesem zufällig aufgetauchten Fremden Angst zu haben.
»Mein Bruder – er ist dort drin.« Mit zitterndem Finger zeigte sie auf die geschlossene Tür. »Er ist in schlechter Gesellschaft – ich habe versucht...« Ihre Stimme versagte, und in ihren Augen standen Tränen.
Amber nickte höflich. Wortlos führte er sie zu ihrem Wagen, und sie folgte ihm, ohne zu fragen. Er bedeutete ihr, sie möge einsteigen.
»Wie ist Ihre Adresse? – Ich werde Ihnen Ihren Bruder bringen.«
Ihre Hände zitterten, als sie ein kleines goldenes Stoffbeutelchen öffnete, ein winziges Etui herausholte und ihm eine Karte

entnahm.
Er las sie und verbeugte sich leicht.
»Nach Hause«, befahl er dem Fahrer und wartete, bis die hellen Lichter der Limousine verschwunden waren.
Unterdessen dachte er angestrengt nach.
Dieses kleine Abenteuer war so richtig nach seinem Geschmack. Er war an diesem Tag der glücklichste Mensch in ganz London gewesen und auf dem Rückweg zu seinem bescheidenen Wohnschlafzimmer, das er in Bloomsbury gemietet hatte, als das Schicksal seine Füße in Richtung Curefax Street lenkte.
Langsam stieg er die Stufen zum Club hinauf.
Er stieß die Tür auf, trat in die kleine Vorhalle und schenkte dem stämmigen Portier, der in einer Loge neben der Treppe saß, ein flüchtiges Nicken.
»Mitglied, Sir?« fragte dieser und wurde mit einem empörten Blick bedacht.
»Verzeihung, Sir«, sagte er beschämt. »Aber wir haben so viele Mitglieder, daß es schwierig ist, sich an alle zu erinnern.«
»Schon möglich«, bemerkte Amber kühl. Oben auf der Treppe drehte er sich um.
»Ist Captain Lawn im Club?«
»Nein, Sir«, antwortete der Mann.
»Oder Mr. Augustus Breet?«
»Auch nicht, Sir.«
Amber nickte und setzte seinen Weg fort.
Seine Kenntnis von der Existenz dieser Herren hatte er seiner Beobachtungsgabe zu verdanken. Am Eingang befand sich ein Fächerregal, wo Briefe für die Clubmitglieder deponiert wurden, und er hatte im Vorbeigehen einen Blick auf die Namen geworfen. Nötigenfalls hätte er noch ein halbes Dutzend weitere aufzählen können.
Im ersten Stock befanden sich die Eß- und Schreibzimmer.
Amber lächelte.
»Hier also«, dachte er, »stellen die Gimpel ihre kleinen Schecks aus – eine sehr diskrete Anordnung.«
Er stieg eine zweite Treppe hinauf, trat in ein Rauchzimmer, in dem eine Anzahl protzig gekleideter Männer saßen, reagierte auf ihre fragenden Blicke mit einem Nicken, schloß die Tür und stieg eine weitere, steilere Treppe hinauf.

Vor der glänzend polierten Pforte, die, wie er annahm, zum Vorderzimmer des obersten Stockwerks führte, saß ein Mann und hielt Wache.
Er war kurz und breit und hatte das unverkennbare Gesicht eines Preisboxers. Er erhob sich und stellte sich vor Amber hin.
»Sie wünschen, Sir?«
Der Ton war entschieden unfreundlich.
»Schon gut«, sagte Amber und machte Anstalten, die Tür zu öffnen.
»Augenblick, Sir, Sie sind nicht Mitglied.«
Amber starrte ihn an.
»Mein Junge«, erklärte er arrogant, »Sie haben ein schlechtes Gedächtnis für Gesichter.«
»An Ihres kann ich mich jedenfalls nicht erinnern«, entgegnete der andere ungerührt.
Amber streckte die Hände in die Taschen und lachte.
»Ich gehe trotzdem hinein.«
»Sie gehen nicht.«
Amber legte die Hand auf den Türknopf, und der Mann packte ihn an den Schultern.
Der Türsteher sah den Schlag kommen und lockerte den Griff, um ihm schnell und fachgerecht zu parieren – aber zu spät. Eine harte Faust, wie von einem Arm aus Stahl geführt, traf ihn unter der Schläfe. Er taumelte zurück, verlor das Gleichgewicht und stürzte krachend die steile Treppe hinunter.
Amber drehte den Türknauf und trat ein.
Die Spieler waren aufgestanden und blickten besorgt nach der Tür. Der Lärm, mit dem der Wächter die Treppe hinuntergepoltert war, hatte sie aufgeschreckt. Karten lagen verstreut auf dem Boden und den Tischen, dazwischen Geld und Spielmarken.
Einen Augenblick sahen sie sich an, der ruhige Mann unter der Tür und die verärgerten Spieler an den Tischen. Dann zog Amber die Tür leise hinter sich zu.
Noch bevor jemand eine Frage stellen konnte, war der Türsteher zurück, in Hemdsärmeln und die Augen voll Kampfeslust.
»Wo ist er?« brüllte er. »Ich will ihn lehren...«
»Meine Herren«, sagte Amber, mit dem Rücken zur Wand, »entweder bekommen Sie eine Keilerei und haben die Polizei im Haus, oder Sie erlauben mir zu bleiben.«

»Werft ihn hinaus!«
Lambaire schien der Anführer zu sein. Sein Gesicht war vor Wut und Ärger verzerrt, und er zeigte auf den Eindringling.
»Werft ihn hinaus! George –«
Amber hatte die Hände in die Taschen gesteckt.
»Ich schieße«, erklärte er ruhig. Es folgten Stille und Zurückweichen.
Selbst der angriffslustige Wärter zögerte.
»Ich bin zu einer ruhigen Abendunterhaltung gekommen«, fuhr Amber fort. »Ich bin ein altes Mitglied des Clubs, und man behandelt mich wie einen Spitzel; ich finde das sehr unfreundlich!«
Mißbilligend schüttelte er den Kopf.
Seine Augen waren von Gesicht zu Gesicht gewandert. Viele der Anwesenden waren ihm bekannt, auch wenn sie ihn ihrerseits nicht kannten. Er erblickte den jungen Mann, der blaß, schlaff und halb schlafend an Lambaires Tisch in einem Stuhl hing.
»Sutton«, rief er laut, »wach auf und identifiziere deinen Freund.«
Allmählich begann sich die Aufregung etwas zu legen. Lambaire machte eine Kopfbewegung zum Türsteher hin, und dieser trat widerwillig zurück.
»Wir wollen keine Geschichten«, erklärte er und wandte sich mißbilligend an den unwillkommenen Gast. »Wir kennen Sie nicht; Sie haben sich Einlaß erzwungen, und wenn Sie ein Gentleman sind, dann ziehen Sie sich jetzt wieder zurück.«
»Ich bin aber kein Gentleman«, erwiderte Amber gelassen. »Ich bin einer von euch.«
Er ging auf den jungen Mann zu, der halb saß und halb lag, und schüttelte ihn.
»Ich kam, um meinen Freund zu besuchen«, fuhr er fort. »Ihr habt ihn ja schön zugerichtet. Ich nehme ihn am besten gleich mit.«
Seine Kraft war erstaunlich. Mit nur einer Hand zog er den Jungen auf die Füße.
»Halt!«
Lambaire hatte sich zwischen Amber und die Tür gestellt.
»Sie lassen diesen jungen Herrn, wo er ist – und verschwinden.«

Mit der freien Hand packte Amber einen Stuhl, schwang ihn einmal im Kreis über dem Kopf und schmetterte ihn dann gegen das geschlossene Fenster.
Sie hörten das Klirren von Glas, das ferne Splittern, als der Stuhl auf der Straße aufschlug, und dann eine Trillerpfeife.
Lambaire riß die Tür auf.
»Sie können gehen«, preßte er zwischen den Zähnen hervor. »Ich werde Sie nicht vergessen.«
»Sonst hätten Sie auch ein ziemlich schlechtes Gedächtnis«, sagte Amber, den Arm um den jungen Mann gelegt.

4

Amber besaß 86 Pfund und zehn Shilling – eine beachtliche Summe. Er hatte eine Einladung zum Tee bei Cynthia Sutton für fünf Uhr nachmittags. Er hatte vorgehabt, ihr das Geld zu Händen ihres Bruders zu übergeben, fand es aber dann besser, Sutton die verlorene Summe anonym zuzustellen. Schließlich hatte er dessen Verluste ja nur annähernd geschätzt. In seinem gemütlichen Zimmer in Bloomsbury hatte Amber einen bequemen Sessel, eine ausgezeichnete Zigarre, ein spannendes Buch und war glücklich. Seine Füße ruhten auf einem Stuhl, an der Wand tickte eine Uhr – gar nicht unmelodisch –, die ganze Stimmung war wie gemacht zum Träumen und Schlafen. Um seinen Gemütszustand hätte ihn manches nützlichere Glied der Gesellschaft beneiden können, denn er war ganz und gar mit sich zufrieden.
An der Tür ertönte ein Klopfen.
Ein adrettes Zimmermädchen brachte auf einem Tablett eine Visitenkarte.
»Mr. George Whitey«, las er. »Führen Sie ihn herauf.«
Whitey war prächtig herausgeputzt. Vom schimmernden Seidenhut bis zu den glänzenden Lackschuhen machte er ganz den Eindruck eines Gentlemans.
Er lächelte Amber zu, legte sorgfältig seinen Zylinder auf den Tisch und schälte seine Hände aus den gelben Handschuhen. Amber hielt die Karte an einer Ecke hoch und sah

ihm amüsiert zu.
»Was kann ich für Sie tun, Whitey?« fragte er, als die Tür wieder geschlossen war.
Whitey nahm Platz, öffnete bedächtig die Knöpfe seines Gehrocks und zog die Manschetten hervor.
»Sie heißen Amber?«
Seine Stimme war sehr hoch und fast so schrill wie ein Pfeifen.
Amber nickte.
»Die Sache ist die, alter Junge«, fuhr der andere unbekümmert in familiärem Ton fort, »Lambaire wünscht eine Einigung, ein Übereinkommen, und – eh – ehm –«
»Und wer ist Lambaire?« fragte Amber unschuldig.
»Nun hören Sie schon, mein Lieber«, Whitey beugte sich vor und tätschelte Ambers Knie, »seien wir doch offen und ehrlich. Wir haben alles über Sie herausgebracht – Sie sind ein alter Zuchthäusler – noch keine drei Tage auf freiem Fuß – habe ich recht?«
Mit der triumphierenden Miene eines Menschen, der ein wohlgehütetes Geheimnis aufdeckt, lehnte sich Whitey zurück.
»Ins Schwarze getroffen«, sagte Amber ruhig. »Möchten Sie eine Zigarre oder lieber einen Keks?«
»Wir kennen Sie – verstehen Sie? Bis in den hintersten Winkel. Aber wir tragen Ihnen nichts nach, wir sinnen nicht auf Rache, nichts dergleichen.«
»Und?«
»Die Sache ist die.« Whitey beugte sich wieder vor und begann, mit dem Zeigefinger seiner rechten Hand die Linien seiner Linken nachzuzeichnen. »Sie sind in den Club gekommen – haben sich Einlaß verschafft – geschickt, sehr geschickt – selbst Lambaire gibt das zu – aber sprechen wir nicht mehr davon. Sprechen wir auch nicht vom Geld.«
Er machte eine bedeutungsvolle Pause und setzte ein vielsagendes Lächeln auf.
»Nicht einmal vom Geld«, wiederholte er, und Amber hob die Brauen.
»Vom Geld?« sagte er. »Ich erkenne nicht ganz den Sinn Ihrer zarten Anspielung.«
Whitey antwortete langsam und mit Betonung. »Auf Lambaires Tisch allein lagen ungefähr hundert Pfund, von den andern

Tischen gar nicht zu reden. Es war dort, als Sie kamen, und als Sie gingen, war es weg.«
Ambers verzeihendes Lächeln hatte etwas Engelhaftes.
»Darf ich vielleicht darauf hinweisen, daß ich nicht der einzige Übeltäter unter den Anwesenden war?«
»Jedenfalls spielt diese Sache mit dem Geld keine Rolle«, fuhr Whitey fort. »Lambaire will nicht, daß ein Rechtsfall daraus entsteht; er will bloß, daß Sie den jungen Sutton in Ruhe lassen. Lambaire sagt, daß es sich nicht darum handelt, Sutton Geld abzuknöpfen, sondern um eine viel größere Sache. Lambaire sagt –«
»Der Teufel soll Lambaire holen«, sagte Amber wütend. »Hören Sie mir mit Ihrem Lambaire auf! Er spricht wie der Hauptmann der vierzig Räuber. Kehren Sie zu Ihrem Herrn zurück, und sagen Sie ihm, Ali Baba Amber sei nicht nach Zusammenarbeit zumute –«
Whitey war aufgesprungen, das Gesicht ungewöhnlich blaß und die Augen zusammengekniffen, bis sie kaum mehr sichtbar waren, in den Händen ein nervöses Zucken.
»Oh, Sie – Sie sind im Bild, nicht?« stotterte er. »Ich hab es Lambaire ja gleich gesagt – das also ist Ihre Masche, was? Aber sehen Sie sich vor! Ali Baba und die vierzig Räuber, he? Sie wissen es also – wer hat es Ihnen gesagt? Ich hab Lambaire ja gleich gesagt, Sie wären genau der richtige Typ für einen solchen Job!«
Er war furchtbar aufgeregt, während Amber schweigend und aufmerksam in seinem Lehnstuhl saß und alle seine Bewegungen verfolgte. Whitey ergriff seinen Hut, glättete ihn mechanisch am Jackenärmel und bewegte dazu die Lippen, als spräche er mit sich selbst. Er ging um den Tisch herum, der in der Mitte des Zimmers stand, und auf die Tür zu. Dort hielt er einen Augenblick inne und überlegte sich einen Schlußsatz.
»Ich kann Ihnen nur eins sagen«, meinte er dann, »und das ist folgendes: Wenn Sie aus dieser Sache lebend herauskommen wollen, dann tun Sie sich mit Lambaire zusammen – er ist bereit zu teilen. Falls Sie den Plan bekommen, gehen Sie damit zu Lambaire. Ohne den Kompaß würde er Ihnen ja doch nichts nützen – und Lambaire hat den Kompaß. Lambaire sagt –«
»Hinaus!« befahl Amber. Whitey gehorchte und knallte die Tür

hinter sich zu.

Amber trat ans Fenster und beobachtete hinter dem Vorhang die Abfahrt seines Besuchers.

Ein Wagen hatte auf ihn gewartet, und Whitey stieg ein.

»Keine Anweisungen an den Fahrer, wie es scheint«, registrierte Amber. »Offenbar geht es nach Hause.«

Er drückte auf eine Klingel, und ein Zimmermädchen erschien.

»Wir wünschen unsere Rechnung«, begann er. »Nein, Sie brauchen sich nicht umzusehen, wir sind nur einer. Wenn wir von uns sprechen, dann ist das in literarischem oder majestätischem Sinne gemeint. Also«, fuhr er munter fort, »verständigen Sie den Hausknecht, und packen Sie unsere Habe – wir verreisen.«

Das Mädchen lächelte.

»Sie sind aber nicht lange bei uns geblieben, Sir.«

»Ein Kurier des Königs verweilt nie lange am selben Ort«, belehrte sie Amber feierlich. »Auf Abruf steht er zu Diensten Seiner Majestät, beladen mit Verantwortung für die Staatsgeschäfte. Der Merkur der Diplomatie ist der Nomade der Zivilisation. Die eine Nacht in London, die andere in Paris und die nächste im Kampf mit albanischen Banditen, entschlossen, sein Leben so teuer wie nur möglich zu verkaufen, dann wieder schwimmend in der hochgehenden Donau, eine Meldung zwischen den Zähnen, während neben ihm die Kugeln in das dunkle Wasser einschlagen –«

»Du mein Gott!« staunte das Mädchen. »Sie leben aber gefährlich!«

»Wir leben gefährlich«, gab Amber zu. »Und nun bitte ich um die Schuldforderung.«

Sie kehrte mit der Rechnung zurück, Amber bezahlte und gab ihr ein reichliches Trinkgeld sowie einen Kuß, denn sie war noch auf der hübscheren Seite von fünfundzwanzig.

Der Koffer wurde gepackt und ein Taxi herangepfiffen.

Er stand, in Gedanken versunken, mit dem einen Fuß schon auf dem gummibelegten Trittbrett, als er sich plötzlich an das wartende Mädchen wandte.

»Falls ein Mann von nichtssagender Erscheinung, weißlichem Haar und bläßlicher Hautfarbe, allerdings mehr von der Art einer getünchten Kellerwand als einer makellosen Lilie – kurz:

falls dieser Heini nochmals aufkreuzen sollte, der vor einer Stunde schon hier war, dann sagen Sie ihm, ich sei abgereist.«
»Ja, Sir«, sagte sie leicht benommen.
»Sagen Sie ihm, ich sei nach Teheran gerufen worden«, ergänzte er über die Schulter.
»Ja, Sir.«
»In diplomatischem Auftrag«, schloß er genüßlich.
Dann stieg er in den Wagen und zog die Tür hinter sich zu.
»Borough High Street«, sagte Amber. Mit einem Ruck setzte sich der Wagen in Bewegung.
Er fuhr ostwärts, über die London Bridge und bis zur St.-George's-Kirche, wo er ausstieg. Den kleinen Lederkoffer mit seiner bescheidenen Habe in der Hand, marschierte er eine breite Straße entlang, bis er an eine schmale Durchfahrt kam, die in eine noch schmalere, ärmliche Straße einmündete. Er bog scharf nach links, und wie jemand, der sich auskennt, schritt er auf das schäbigste aller schäbigen Häuser dieser freudlosen Straße zu.
Redcow Court Nummer 19 sah wirklich nicht sonderlich einladend aus. An der Haustür fehlte teilweise die Füllung, der Eingang war eng und schmutzig, und zu den oberen Stockwerken wand sich eine steile, ausgetretene Treppe. Tagsüber war das Haus von gellenden Stimmen keifender Frauen erfüllt. Nachts herrschten tiefere Töne vor, die mißlaunigen, grobschlächtigen Männern gehörten. Manchmal ertönte auch ein wütendes Brüllen, und man konnte Schläge und Schreie hören. Mit fröhlichem Pfeifen und immer zwei Stufen auf einmal nehmend, stieg Amber die Treppe hinauf.
Im obersten Stockwerk kam er an eine Zimmertür und klopfte. Da niemand antwortete, klopfte er ein zweites Mal.
»Herein«, sagte eine energische Stimme.
Das Zimmer war viel besser möbliert, als man hätte annehmen sollen. Es war ein Wohnzimmer, von dem eine Tür in ein kleineres Nebenzimmer führte.
Auf dem Boden lag ein sauberer bunter Teppich, und ein kleiner Klapptisch war auf Hochglanz poliert. An den Wänden hingen einige Bilder, alte Drucke mit mythologischen Darstellungen: die Heimkehr des Odysseus, Perseus, eine Medusa und der gefesselte Prometheus.

Der Gesang von einem Dutzend Vögel empfing Amber, während er leise die Tür zumachte. Ihre Käfige hingen zu beiden Seiten eines offenen Fensters, dessen Sims von roten Geranien überflutet war.

Neben dem Tisch in einem Windsorstuhl saß ein älterer Herr. Er war kahl, Schnauzer und Backenbart waren feuerrot, aber trotz seiner struppigen Brauen und seines strengen Blicks machte er einen äußerst gütigen Eindruck. Seine Beschäftigung war recht ungewöhnlich, denn er nähte mit kleinen Stichen an einem Kissenbezug.

Er ließ seine Arbeit sinken, als Amber hereinkam.

»Hallo!« sagte er und schüttelte mißbilligend den Kopf. »Wieder mal etwas ausgefressen – stimmt's? Komm herein; ich koch dir einen Tee.«

Sorgfältig verstaute er den Kissenbezug in einem kleinen Handarbeitskorb und machte sich im Zimmer zu schaffen. Er trug ein Paar wollene Schlappen, die etwas zu groß für seine Füße waren.

»Wie lange bist du schon draußen?« wollte er wissen. »Oder bereits wieder in Schwierigkeiten? Laß die Finger von fremdem Eigentum und bezähme deine Zunge!«

»Mein Sokrates«, sagte Amber vorwurfsvoll.

»Nicht doch!« Der kleine Mann zündete ein Holzfeuer an. »Übler Nachrede hat dich wohl noch nie jemand bezichtigt, würde Wilde Wolke sagen. Die Geschichte nie gelesen? Da hast du etwas verpaßt. Es lohnt sich. Bis heute sind vierundzwanzig Folgen erschienen.«

Peter Musk, so hieß der Mann, war ein Heldenverehrer sowie Liebhaber und leidenschaftlicher Leser von Abenteuerromanen, die von voreiligen Kritikern verächtlich als Schund abgetan werden. Hinter den bunten Baumwollvorhängen, die seine Bücherregale verdeckten, befanden sich Hunderte solcher Geschichten.

»Und was hat mein Peter die ganze Zeit über getan?« fragte Amber.

Peter stellte die Tassen bereit und lächelte etwas geheimnisvoll. »Das Übliche«, gab er zur Antwort. »Meine Studien, meine Vögel, ein bißchen Handarbeit – die Tage verlaufen sehr ruhig für einen gebrochenen Mann und bescheidenen Beobachter des

Lebens.«
Amber betrachtete den kleinen Mann mit liebevoller Aufmerksamkeit.
Peter war ungefähr einsfünfzig und etwas untersetzt. Er trug eine Stahlbrille mit runden Gläsern und hatte ein künstliches Gebiß, was eine ausgezeichnete Begründung dafür bot, sich möglichen Heldentaten mit vorsichtiger Zurückhaltung zu nähern.
Am liebsten sah sich Peter auf verlorenem Posten. Unter sirrenden Pfeilen stürmte er (in undurchdringlichem Harnisch) in die Bresche von Festungen, hißte im Kugelregen zerfetzte Flaggen auf exponierten Schutzwällen und ließ sich bisweilen zum Wohl seines Landes auch auf irgendwelchen kriegerischen Expeditionen in Afrika zu Tode martern.
Da er von Natur aus zu einem geordneten Dasein neigte, spielte seine tägliche Lebensordnung auch in seine Träume hinein.
So marschierte er vormittags an der Spitze seiner Männer von Redcow Court Nummer 19 zu dem Fischladen, in dem er seinen Schellfisch kaufte; gemartert wurde er während seiner Spaziergänge, und auf dem Rückweg trug man ihn jeweils mit militärischen Ehren zu Grabe.
Vor vielen Jahren war Peter Angestellter in einem Kaufhaus gewesen, ein stiller, angesehener Mann mit einer Vorliebe für Gartenpflege. Eines Tages war Geld aus dem Pult des Kassierers verschwunden, und Peter wurde verdächtigt. Von der Anklage völlig hypnotisiert, ließ er sich widerstandslos abführen, hörte sich wie in einem Traum die Aufzählung von Beweisen an – einwandfreien Indizienbeweisen – und verließ die Anklagebank, ohne sich richtig bewußt zu sein, daß der grauhaarige Gentleman auf dem Richterstuhl ihn mit ruhiger, teilnahmsloser Stimme zu sechs Monaten Gefängnis verurteilt hatte.
Er hatte bereits vier Monate abgesessen, als man den wirklichen Dieb entdeckte. Peters Arbeitgeber waren bestürzt. Der Direktor setzte ihm eine Pension aus, und Peter zog in den Borough, denn er besaß etwas überspitzte Ansichten und war der Meinung, er sei mit dem Makel eines Sträflings behaftet.
Am Ende war er nachgerade stolz auf seine einmalige Erfahrung, brüstete sich gar ein bißchen damit und erwarb sich in Verbrecherkreisen einen völlig unverdienten Ruf. Wenn er

durch die kühlen Sommerabende bummelte, wies man auf ihn als den bekannten Bankräuber, den berühmten Einbrecher.
»Peter«, sagte Amber, während er langsam in seinem Tee rührte, »wo kann ich bleiben?«
»Hier?« fragte Peter eifrig und kicherte. »Sind sie hinter dir her? Natürlich bleibst du hier, mein Junge. Ich stecke dich in die beste Verkleidung, die du je gesehen hast, samt Bart und Perücke; dann schmuggle ich dich zum Fluß hinunter und an Bord –«
Amber lachte.
»Ach, Peter! Mein Gesetzesbrecher! Nein, es ist nicht die Polizei – nun schau nicht gleich so betrübt, du herzloser Mensch –, ich verstecke mich vor Verbrechern, richtig gemeinen Verbrechern. Das sind Gauner großen Kalibers, erstklassige Banditen, schlimmer als Denver Dick oder Michigan Mike oder Settler Sam oder sonst einer dieser edlen Herren.«
Anklagend zeigte Peter mit dem Finger auf ihn.
»Du hast sie verpfiffen, und nun sind sie hinter dir her«, erklärte er feierlich. »Sie haben dir Rache geschworen.«
»Ich bin hinter ihnen her«, verbesserte Amber, »und die Racheschwüre sind ganz meinerseits. Nein, Peter, ich bin der mutige Mike – ich bin der große Detektiv aus der Baker Street. Ich möchte jemanden beobachten, ohne Gefahr zu laufen, daß die anderen mich beobachten.«
Peter war neugierig geworden. Seine Augen leuchteten hinter den runden Gläsern, und seine Hände zitterten vor Aufregung.
»Ich verstehe, ich verstehe«, nickte er heftig. »Du willst sie fertigmachen.«
»›Fertigmachen‹ ist genau das richtige Wort«, bestätigte Amber.

5

Lambaire hatte in der City ein Büro, wo er seine Geschäfte tätigte. Was für Geschäfte das waren, wußte niemand. An der Tür war ein Messingschild angebracht, auf dem weiter nichts stand, als daß hier

A. Lambaire
(auch in Paris)

anzutreffen sei. Er empfing Besucher, schrieb und erhielt Briefe und verschwand zu gewissen Zeiten – wohin wußte keiner, obwohl »auch in Paris« dafür eine plausible Erklärung sein mochte.

Einige behaupteten, er sei Agent, ein dehnbarer Begriff, der alles bedeuten konnte. Andere wieder meinten, er sei Finanzmann, wiewohl optimistische Gemüter, die für ihre hochfliegenden Pläne nach handfesten Anleihen suchten, enttäuscht feststellen mußten, daß er kein Geld übrig hatte.

Aber schließlich besaßen so viele wunderliche Existenzen ohne sichtlichen Grund ein Büro in der City, daß sich niemand ernsthaft nach Lambaires Geschäften erkundigte.

Es hieß, er habe dereinst eine Expedition nach Westafrika finanziert, und sofern das stimmte, war der Grund für seine Niederlassung in der Flair Lane Nummer 1 evident. Auch andere hatten solche Expeditionen finanziert, sich in derartigen Büros eingerichtet und jahrelang auf einen Ertrag gewartet.

Lambaire jedoch machte Geschäfte, sehr einträgliche sogar. Er war bei seinen Banken als Silbermakler bekannt, einer der Bankdirektoren wollte auch wissen, daß er an Flithenstein & Boris, einem Druckereiunternehmen beteiligt war; außerdem besaß er Aktien einer Trampschiffgesellschaft, die in Schifffahrtskreisen einen sehr zweifelhaften Ruf genoß; in Wirklichkeit partizierte er an hundert kleineren oder größeren, legalen oder zwielichtigen Geschäften.

Er hatte auch ein oder zwei Pferde, gehorsame Tiere, die immer gewannen, wenn er auf sie gesetzt hatte, und als letzte durchs Ziel gingen, wenn er es nicht tat.

Zwei Tage nach dem eiligen Auszug von Amber war Lambaire in seinem Büro. Es war um die Mittagszeit, und er streifte langsam seine Handschuhe über. Ein Lächeln saß in seinen Mundwinkeln, und um die Augen spielte ein zufriedenes Zwinkern.

Sein Sekretär stand erwartungsvoll neben dem Schreibpult und ordnete mechanisch einen Stoß Papiere.

Lambaire trat langsam auf die schwere Tür seines Privatbüros zu, blieb aber dann plötzlich unentschlossen stehen.

»Vielleicht sollten wir besser heute abend noch schreiben«, meinte er zweifelnd. Der Sekretär nickte, legte die Papiere auf das Pult und öffnete einen Notizblock.
»Sehr geehrter Herr«, begann Lambaire, und der Sekretär notierte wie wild. »Sehr geehrter Herr, ich bestätige den Erhalt Ihres Schreibens in Sachen Great Forest Diamond Mine. Punkt. Ich begreife Ihren – eh – Ihren Ärger –«
»Ihre Ungeduld?« schlug der Sekretär vor.
»Ihre Ungeduld, aber die Arbeit macht Fortschritte. Punkt. Was Ihren Ankauf von weiteren Aktien betrifft, Komma, kann ich Ihnen mitteilen, daß sich mein Aufsichtsrat bereit befindet –«
»Findet«, korrigierte der Sekretär.
»Bereit findet«, fuhr Lambaire fort, »Ihrem Wunsch zu entsprechen, das Einverständnis ihrer Makler vorausgesetzt. Mit vorzüglicher Hochachtung.«
Lambaire zündete sich eine Zigarre an.
»Wie klingt das?« fragte er jovial.
»Sehr gut, Sir«, lobte der Sekretär und rieb sich die Hände.
Etwas hatte Lambaire an diesem Tag offensichtlich in gute Laune versetzt, und der Sekretär wollte davon profitieren.
»Was diese Mine betrifft«, begann er bedeutungsvoll, »es sind schon mehrere Leute dagewesen.«
Lambaire, der sich erneut auf dem Weg zu seinem Büro befand, blickte scharf zurück.
»Was, zum Teufel, wollen Sie damit sagen, Grene?« Plötzlich war alle Heiterkeit aus seinem Gesicht verschwunden.
Der Sekretär trat von einem Fuß auf den andern, er befand sich in einer verzwickten Situation. Bis zu einem gewissen Punkt genoß er Lambaires Vertrauen und durfte sich auch ohne weiteres zu seinen Geschäften äußern – aber nur bis zu diesem Punkt.
»Es geht um diese Afrika-Sache«, erklärte er.
Lambaire stand an der Tür, den Kopf nachdenklich gesenkt.
»Ich nehme an, Sie haben ihnen gesagt –«
»Die üblichen Erklärungen – daß unser Aufseher das Grundstück besichtigt hat und wir demnächst einen Bericht von ihm erwarten. Einer – der Angestellte von Buxteds – wurde allerdings ziemlich ausfällig, und ich...« Er zögerte.
»Ja, und – ?«

»Er sagte, wir wüßten wahrscheinlich selbst nicht, wo sich diese Mine befindet.«
Lambaires Lächeln wirkte etwas gezwungen.
»Blödsinn«, widersprach er ohne viel Überzeugung. »Als ob jemand eine Minengesellschaft leiten könnte, wenn er nicht wüßte, wo die Diamanten sind. Lächerlich, finden Sie nicht auch, Grene?«
»Gewiß, Sir«, pflichtete ihm der Sekretär höflich bei.
Lambaire stand immer noch an der Tür.
»Der Kerl von Buxteds also?« Er war beunruhigt, denn Buxteds waren die geriebensten Anwälte von ganz London, und er stand nicht sehr in ihrer Gunst.
»Wenn Buxteds erfahren« – er hielt inne –, »ich meine, wenn diese Brüder glauben, sie könnten mich erpressen?«
Tief in Gedanken versunken, ging er hinaus.
Wenn etwas unerläßlich ist, damit eine Diamantenminengesellschaft floriert, dann ist es eine Diamantenmine, aber es gab verschiedene Gründe, warum gerade dieser Posten unter den Aktiva der Gesellschaft fehlte. Der erste Grund war, daß Lambaire nicht wußte, wo die entsprechende Mine überhaupt lag; der zweite, nicht unwesentliche Grund war der, daß er keine Gewißheit besaß, daß er zu Recht über diese Mine verfügen durfte, selbst wenn er gewußt hätte, wo sie sich befand.
Nun war aber Lambaire kein Schwärmer, der aus purem Optimismus Gesellschaften gründete. Um ehrlich zu sein, wurde die Great Forest Diamond Mining Company zu einem Zeitpunkt ins Leben gerufen, da in seiner Kasse bedenkliche Ebbe herrschte; die Vielfalt seiner Interessen verschonte ihn nicht vor solchen Situationen.
Daß es eine Traummine war, das bloße Gerücht eines Eldorados, einzig durch die Phantasien eines sterbenden Mannes und eine Karte bestätigt, die Lambaire aber weder besaß, noch sich beschaffen konnte, stand freilich nicht in seinem verführerischen kleinen Subskriptionsprospekt, der privat, aber zuverlässig an Englands bereitwillige Geldanleger verteilt worden war. Er ließ vielmehr durchblicken, daß die Mine gefunden und rechtmäßig erworben war. Zwar stand etwas von »gewissen Transportschwierigkeiten« darin, welche die Gesellschaft jedoch überwinden werde, und am Schluß folgte ein technischer

Rapport des »zuständigen Ingenieurs« (ohne Namen), der die gesamte populäre Terminologie eines solchen Berichts enthielt. Es wäre ein aussichtsloses Unterfangen, wollte man die Tatsache vertuschen, daß Lambaire keinerlei Skrupel besaß. Wenige Menschen sind durch und durch schlecht, in seinem Fall jedoch mußte man annehmen, daß er von allen guten menschlichen Eigenschaften über keine einzige verfügte.
Er war in die kleine Vorhalle des Hauses hinuntergegangen und trat eben auf die Straße hinaus, als ein Taxi vorfuhr und den eleganten Whitey absetzte.
»Ich muß Sie sprechen«, quiekte er.
Lambaire runzelte die Stirn.
»Ich habe keine Zeit –«
»Kommen Sie«, drängte Whitey und faßte ihn am Arm. »Gehen wir in Ihr Büro; ich habe Ihnen etwas Wichtiges mitzuteilen.«
Widerstrebend machte sich der große Mann auf den Rückweg. Das wäre um ein Haar schlecht für Mr. Grene ausgegangen. Der Sekretär war nämlich gerade dabei, den Inhalt einer privaten Schublade seines Arbeitgebers auszukundschaften, als auf den Fliesen des Korridors die Schritte der beiden Männer ertönten. Mit einer Behendigkeit, die Lambaires Beifall gefunden hätte, wäre sie zu seinen Gunsten und nicht zu seinem Nachteil gewesen, hatte Grene jedoch die Lade wieder geschlossen und abgesperrt und den Schlüssel in die Tasche gesteckt. Als die beiden eintraten, war er in seine Notizen vertieft.
»Sie können gehen, Grene«, sagte Lambaire. »Ich habe mit Mr. Whitey etwas Geschäftliches zu besprechen – gehen Sie essen, und kommen Sie in einer halben Stunde wieder.«
Als sich die Tür hinter dem Sekretär geschlossen hatte, wandte sich Lambaire an seinen Besucher.
»Und?« fragte er.
Whitey hatte den bequemsten Stuhl gewählt, seine elegant behosten Beine übereinandergeschlagen und trug die selbstzufriedene Miene eines Menschen zur Schau, der dank besserem Wissen die Situation beherrscht.
»Wenn du damit fertig bist, dich wie ein einfältiger Laffe zu benehmen, könntest du mir vielleicht sagen, warum ich deinetwegen meinen Lunch verschieben mußte«, meinte Lambaire unfreundlich.

Whitey nahm das übergeschlagene Bein herunter und setzte sich gerade.
»Ich habe Neuigkeiten, Lambaire.« Theatralisch hob er die Hand, um die Wichtigkeit seiner Eröffnung zu unterstreichen.
»Neuigkeiten und gleichzeitig eine Idee«, erklärte er. »Ich bin bei den Suttons gewesen.«
Lambaire nickte. Whiteys Kühnheit war für ihn immer wieder eine Überraschung, aber der große Mann hütete sich, davon etwas merken zu lassen.
Whitey war sichtlich enttäuscht, daß seine imposante Mitteilung so ganz ohne Wirkung blieb.
»Sie tun, als wäre das höchst selbstverständlich«, beschwerte er sich. »Ich bin bei den Suttons gewesen, Lambaire – nach dieser Geschichte im ›Whistler‹ will das immerhin etwas heißen.«
»Du bist ein guter Kerl, Whitey«, beschwichtigte ihn Lambaire. »Ein famoser Kerl – also?«
»Also«, höhnte der vergrämte Mann auf dem Stuhl, »ich habe mit dem jungen Sutton gesprochen – störrisch, sehr störrisch; geradezu beleidigend, wollte nichts mit mir zu tun haben; und seine Schwester – du meine Güte!«
Er hob die Hände, mit den Flächen nach außen, beim Gedanken an das mißliche Gespräch.
»Ein Eisberg«, sagte er ernst. »Kalt wie der Nordpol. Brrr!«
Er schüttelte sich.
»Und was ist nun mit dem Jungen?«
Whitey lächelte listig. »Aufgebracht, arrogant, aber immerhin vernünftig. Hatte natürlich einen Mordskater vom ›Whistler‹. Es war als wollte man eine getretene Katze einfangen. Legte seine verdammte Oxford-und-Eton-Platte auf, Sie kennen den Ton. Bedauerte außerordentlich, aber würde die Beziehung lieber abbrechen – war ein Fehler gewesen, nein danke, lassen wir die Sache fallen. Guten Tag, geben Sie auf die Stufen acht.«
Whitey war nur ein mittelmäßiger Schauspieler, aber die Art der Unterredung kam deutlich zum Ausdruck. »Ich ließ mich jedoch nicht abschütteln – ich war wie eine Klette; er öffnete die Tür, damit ich ging, und blieb bewundernd vor den Geranien stehen; er klingelte nach einem Diener, und ich sagte, mir sei's

recht, obwohl es mir nicht recht war; er schäumte vor Wut, stampfte, die Hände auf dem Rücken, im Zimmer auf und ab, sagte, was er von mir dachte, und auch, was er von Ihnen hält.«

»Und was hält er von mir?« fragte Lambaire schnell.

»Ich möchte nicht behaupten«, lächelte Whitey, »Sie könnten sich geschmeichelt fühlen – eher das Gegenteil. Oder daß er Sie für einen Gentleman hält – nein! Aber machen Sie sich nichts aus solchen Lappalien. Er sagte, Sie wären zweifelsohne der größte Windhund aller Zeiten.«

»Und was hast du darauf geantwortet?« fragte Lambaire stirnrunzelnd.

»Ich habe es bestritten«, erklärte Whitey entrüstet. »Nicht der größte jedenfalls. Schließlich versprach er, heute nachmittag hierherzukommen.«

In Gedanken versunken schritt Lambaire auf und ab.

»Zu welchem Zweck?« fragte er.

Beschwörend hob Whitey die Augen zum Himmel.

»Nun hört euch einmal das an«, klagte er einer unsichtbaren Gottheit. »Da arbeite ich mich den ganzen Vormittag für ihn kaputt, und er fragt noch, zu welchem Zweck.«

Langsam stand er auf und strich seinen Hut am Jackenärmel glatt.

»Geh doch nicht gleich in die Luft«, sagte Lambaire. »Ich will noch mehr wissen. Was gedenkt er jetzt zu tun?«

»Hören Sie einmal zu, Lambaire.« Whitey verzichtete auf alle Umschweife, Ehrerbietung und Freundlichkeit und fauchte. »Dieser Junge kann an die Karte rankommen. Unsere Diamantenmine muß dringend ein bißchen greifbarer werden, sonst gibt es Schwierigkeiten; die Sache liegt schief, das wissen Sie.«

»Und wenn er sie nicht herausgibt?«

»Die Frage ist nicht, ob er sie herausgibt«, belehrte ihn Whitey. »Er hat sie gar nicht; seine Schwester hat sie. Aber vergessen Sie nicht, daß er der Sohn seines Vaters ist, und Sie können Gift darauf nehmen, daß versteckt in seinem Innern das alte Abenteurerblut fließt; so etwas stirbt nicht aus. Sehen Sie mich an: Mein Vater war ein –«

»Bleiben wir bei der Sache«, unterbrach ihn Lambaire ungeduldig. »Worauf willst du hinaus, Whitey? Was kümmert es mich, ob er Abenteurerlust oder Spinnerblut oder sonst ein Blut hat – er hat die Karte, die sein Vater gezeichnet hat und die bei seinem Tod bei ihm gefunden und von so einem Trottel von Commissioner seiner Tochter geschickt wurde – oder? Genau diese Karte brauchen wir!«

Mit einem Ruck fuhr Lambaire in die Höhe, stopfte die Hände in die Hosentaschen und streckte den Kopf vor, ein Tick von ihm, wenn er aufgeregt war.

Obwohl Whitey offiziell Lambaires Handlanger, Laufbursche und Mitarbeiter war, ließ sich unschwer feststellen, daß der große Mann eine gewisse Angst vor seinem Untergebenen hatte und es Augenblicke gab, da Whitey die Führung übernahm. Dann war er der gebieterische, herrische, arrogante Boss. Mit seiner hohen Piepsstimme, der Heftigkeit, mit der er zischte und quiekte, wirkte er fast etwas unheimlich. Auch verfügte er über einen eigenartigen Wortschatz und seltsame, ungewöhnliche Redewendungen. Um den Sinn seiner Worte zu illustrieren, nahm er gern eine äußerst bildhafte Sprache zu Hilfe. Häufig waren es drastische Slang-Ausdrücke, die er in andern Ländern aufgelesen hatte – Whitey war eine Art Weltenbummler und hatte einen kosmopolitischen Geschmack.

»Sie sind eine leuchtendrote Ampel, Lambaire«, fuhr er in seinem wütenden Wortschwall fort. »Man geht Ihnen aus dem Weg. Diese Diamantengeschichte muß unverzüglich ins Geleise kommen. Wenn die Leute erst einmal Lunte riechen, dann begnügen sie sich nicht mit der Feststellung, daß die Mine ein Mist ist, dann wollen sie auch Bescheid wissen über das Silbergeschäft und das Druckereiunternehmen, und dann zählen sie zwei und zwei zusammen – verstehen Sie? Sie waren ein Esel, daß Sie dieses Diamantenspielchen überhaupt aufgezogen haben. Das war der einzige saubere Handel, in dem sie je Ihre Finger hatten, aber Sie mußten eine krumme Tour drehen. Andernfalls hätten Sie Sutton lebend zurückbekommen. Doch Sie mußten ihm diesen komischen Kompaß geben, damit er, war die Mine einmal entdeckt, eine Karte zeichnete, nach der nur Sie den Ort wiederfinden konnten! Oh, Sie sind schlau, aber diesmal haben Sie sich verrechnet!«

Etwas ruhiger fuhr er fort: »Hören Sie zu. Heute nachmittag kommt der junge Sutton hierher. Sie sind freundlich zu ihm, offen und einnehmend, zeigen ihm Ihr Entgegenkommen und sagen: ›Hören Sie, mein Freund, legen wir die Karten offen auf den Tisch –‹«

»Der Teufel soll mich holen, wenn ich das tue«, entrüstete sich Lambaire. »Bist du verrückt geworden, Whitey? Was glaubst du denn, daß ich –«

»Die Karten offen auf den Tisch«, wiederholte Whitey langsam und klopfte bei jedem Wort mit den Knöcheln auf den Schreibtisch. »Ihre eigenen Karten, Lambaire. Nachher sagen Sie: ›Sehen Sie, mein Sohn, wir sollten versuchen, uns gegenseitig zu verstehen; die Sache ist die ... – und so weiter und so weiter.«

Was das Und-so-Weiter war, erläuterte Whitey im Verlauf von fünf hitzigen und lauten Minuten.

Nach Ablauf dieser Zeit erschien Grene wieder auf der Szene, und das Gespräch wurde abrupt beendet.

»Um drei«, erinnerte Whitey unten an der Treppe. »Wenn Sie Ihre Karten richtig ausspielen, können Sie aus der Patsche kommen.«

Lambaire brummte eine unwirsche Erwiderung, und dann trennten sie sich.

Um die vereinbarte Zeit erschien ein völlig veränderter Whitey auf der Bildfläche, ein netter, höflicher und ruhiger Mann, der einen jungen Herrn ins Büro von A. Lambaire geleitete.

Francis Sutton war ein gutaussehender Junge, obgleich ihn das finstere Gesicht, das er den Umständen entsprechend für angebracht hielt, etwas entstellte.

Man hatte ihn schließlich gekränkt – er glaubte es jedenfalls, denn er hatte das unangenehme Gefühl, daß er übertölpelt, zum Hanswurst gemacht und überhaupt schlecht behandelt worden war.

Es war ihm klargemacht worden, daß dieser weltmännische Lambaire nicht seine Gesellschaft gesucht, ihn zum Essen eingeladen und mehrmals in den »Whistler«-Club mitgenommen hatte, weil der Finanzmann plötzlich eine Vorliebe für ihn empfand – auch nicht weil Lambaire früher einmal seinen Vater gekannt hatte –, sondern weil Lambaire etwas von ihm wollte.

Mit finsterem Gesicht betrat er nun also Lambaires Privatbüro.

Lambaire saß hinter einem großen Schreibtisch, der in ungewohntem Ausmaß mit Geschäftspapieren übersät war. Offen auf dem Tisch lagen ein dickes Kontobuch, zu beiden Seiten türmten sich Stapel von Briefen, und neben dem Chef saß mit gezücktem Notizblock der Sekretär.
Lambaire hatte ein aufgeschlagenes Scheckheft vor sich und war in der Tat sehr beschäftigt, als Whitey seinen Schützling hereinführte.
»Ah, Mr. Sutton!« beantwortete Lambaire mit freundlichem Lächeln das knappe Nicken seines Besuchers. »Sehr erfreut, Sie zu sehen. Mach es Mr. Sutton doch bitte bequem, Whitey – ich habe noch ein, zwei Dinge zu erledigen.«
»Vielleicht«, sagte der junge Mann etwas entspannter, »sollte ich später kommen?«
»Gar nicht, gar nicht! Nehmen Sie nur einen Augenblick Platz – sind Sie bereit, Grene?«
»Ja, Sir.«
»Sehr geehrter Herr«, diktierte Lambaire, in seinen gepolsterten Sessel zurückgelehnt, »wir freuen uns, Ihnen hiermit in Form eines Schecks unsere halbjährliche Dividende von viertausendsechshundertfünfundzwanzig Pfund und vier Pence zustellen zu können. Punkt. Wir bedauern, daß es uns nicht möglich war, Ihnen Anteilscheine unserer neuesten Emission zu überlassen; die Anleihe ist zwanzigmal überzeichnet worden. Mit vorzüglicher Hochachtung und so weiter. Haben Sie das?«
»Ja, Sir«, antwortete Grene unbewegt.
Konnte dies der Abenteurer sein, den seine Schwester beschrieben hatte, fragte sich Sutton. Würde ein solcher Mensch sich herablassen, ihn wegen ein paar Hundertern in einen Spielsaal zu locken?
»Senden Sie Cautts einen Scheck – wieviel ist es denn schon?« fragte Lambaire.
»Um die sechstausend«, antwortete Grene aufs Geratewohl.
»Und bezahlen Sie auch meine kleine Rechnung bei Fells – es sind etwa vierhundert Pfund –, diese verflixten Weinrechnungen werden immer größer.«
Der letzte Teil des Satzes war an Sutton gerichtet, der verständnisvoll lächelte. Auf Whiteys Gesicht klebte ein Grinsen.
»Ich glaube, das ist alles«, erklärte Lambaire und überflog einige

Papiere. »Halt, hier ist noch ein Brief...« Das Blatt, das er Grene aushändigte, war in Wirklichkeit eine dringende Mahnung, die Weinrechnung zu bezahlen, die er gerade erwähnt hatte.
»Sagen Sie ihm, ich könne leider nicht mit ihm nach Cowes fahren – ich hasse fremde Yachten, aber leider«, das war mit einem wehmütigen Lächeln wieder für den jungen Mann bestimmt, »kann ich mir keine eigene Yacht mehr leisten wie vor ein paar Jahren.« Er schwang sich in seinem Sessel herum, nachdem Grene die Tür hinter sich zugemacht hatte.
»Nun zu Ihnen, Mr. Sutton. Ich möchte einmal offen mit Ihnen sprechen. Es stört Sie doch nicht, wenn Mr. Whitey zugegen ist? Er ist mein Vertrauter und Mitarbeiter in den meisten Angelegenheiten.«
»Mich stört niemand«, sagte Sutton, obgleich ihm sichtlich unbehaglich war, weil er nicht genau wußte, worüber Lambaire sprechen wollte.
Der Mann hinter dem Schreibtisch spielte, in Gedanken versunken, mit einem Lineal.
»Mr. Sutton«, begann er schließlich, »Sie waren noch auf der Schule, nehme ich an, als Ihr Vater nach Westafrika ging?«
»Ich war in Oxford«, antwortete Sutton prompt.
Lambaire nickte.
»Sie wissen wahrscheinlich, daß ich diese Expedition, die ein so unglückliches Ende nahm, ausgerüstet hatte?«
»Ich hörte, daß Sie damit zu tun hatten.«
»Das hatte ich«, bestätigte Lambaire, »und es kostete mich – aber das tut jetzt nichts zur Sache. Mr. Sutton, ich will offen zu Ihnen sein. Sie haben den Eindruck, ich hätte Ihre Bekanntschaft gesucht, weil ich Hintergedanken habe. Sie brauchen es nicht abzustreiten, ich habe es – es –«
»Gefühlt«, warf Whitey dazwischen.
»Ich habe es, wie Mr. Whitey sagt, gefühlt. Ich kenne die menschliche Natur sehr gut, Mr. Sutton, und ich merke es instinktiv, wenn jemand schlecht von mir denkt.«
Genaugenommen hatte Lambaires Erkenntnis weniger mit Gefühl zu tun, als vielmehr mit Auskünften, die ihm Whitey verschafft hatte.
»Mr. Sutton, ich will nicht abstreiten, daß ich tatsächlich einen Hintergedanken hatte, als ich Ihre Gesellschaft suchte.« Lam-

baire hatte sich vorgebeugt, die Hände auf die Knie gelegt, und blickte sehr ernst.

»Als Ihr Vater starb –«

»Armer Vater«, murmelte Whitey.

»Als Ihr armer Vater starb, hat man Ihnen oder Ihrer Schwester, weil sie älter ist, eine Karte geschickt, auf der die von ihm zurückgelegte Route eingezeichnet war. Rein durch Zufall habe ich im vergangenen Jahr von dieser Karte gehört und Ihre Schwester schriftlich darum gebeten.«

»Soviel ich weiß, Mr. Lambaire, haben Sie nach dem Tod meines Vaters keinen Versuch unternommen, mit uns in Verbindung zu treten«, erklärte Sutton. »Und obwohl Sie in keiner Weise für sein Schicksal verantwortlich sind, hatte meine Schwester dennoch das Gefühl, Sie hätten sich die Mühe machen können, herauszufinden, wie es um die beiden stand, die durch diese Expedition so plötzlich zu Waisen geworden waren.«

Der junge Mann mit den leicht weiblichen Zügen hatte einen etwas zu weichen Mund. Doch jetzt sprach er mit einer Sicherheit, als wären ihm sämtliche Fakten, von denen die Rede war, schon seit Jahren bekannt, dabei hatte er bis zu diesem Morgen, als ihn seine Schwester über den Charakter jenes Mannes aufklärte, dem sie mißtraute, keine Ahnung gehabt von den Umständen, unter denen sein Vater gestorben war.

Während er sprach, hatte Lambaire immer nur langsam den Kopf geschüttelt, wie aus Schmerz über soviel Ungerechtigkeit.

»Nein, nein, nein«, sagte er, als der andere geendet hatte. »Sie irren sich, Mr. Sutton. Ich war damals krank; ich wußte, daß Sie recht wohlhabend –«

»Ahem!« hustete Whitey, und Lambaire merkte, daß er einen Fehler gemacht hatte.

»Alles andere als wohlhabend«, berichtigte Sutton. »Aber das ist unwichtig; im letzten Jahr erst konnten wir durch den Tod eines Onkels – doch ob reich oder arm, das steht hier nicht zur Debatte.«

»Gewiß nicht«, sagte Lambaire betont herzlich. Er hatte es eilig, von diesem gefährlichen Thema wegzukommen. »Was ich sagen wollte: Ihre Schwester verweigerte uns diese Karte. Schön und gut, wir wollen uns nicht mit ihr streiten und möchten den Fall auch nicht vor Gericht bringen. Wir sagten uns: ›Lassen wir

die Sache auf sich beruhen‹, obwohl es für mich eine sehr wichtige Sache ist, nachdem ich eine Gesellschaft gegründet –«
»Gerne eine Gesellschaft gegründet hätte«, korrigierte Whitey geduldig.
»Besser gesagt, da ich auf Grund dieser Karte gerne eine Gesellschaft gegründet hätte. Aber ich sagte mir, wenn die junge Dame nicht will, tut es mir leid – bedrängen möchte ich sie nicht. – Dann kam mir eine Idee!« Er machte eine dramatische Pause. »Eine Idee. Die Mine, die Ihr Vater gesucht hat, ist immer noch unentdeckt. Selbst mit dieser Karte, der ich übrigens keine große Bedeutung beimesse –«
»Die außer für den Besitzer praktisch wertlos ist«, warf Whitey dazwischen.
»Völlig wertlos«, pflichtete Lambaire ihm bei. »Selbst mit dieser Karte würde keiner, der sie sucht, die Mine finden. Notwendig ist vielmehr –«
»Forschergeist«, ergänzte Whitey.
»Forschergeist, Mr. Sutton.« Lambaire erhob sich linkisch, denn er war ein schwerer Mann. »Als ich sagte, ich hätte einen Hintergedanken gehabt, als ich Ihre Bekanntschaft suchte, sprach ich die Wahrheit. Ich wollte herausfinden, ob Sie der Mann sind, die Arbeit Ihres Vaters fortzuführen. – Mr. Sutton, Sie sind es!«
Er sprach eindrucksvoll und dramatisch, und der junge Mann errötete vor Freude.
Es wäre verwunderlich gewesen, wenn ihn die Aussicht auf eine solche Expedition, wie sie Lambaires Worte verhießen, nicht gelockt hätte. In seinem Aussehen und seiner Art hatte er keinerlei Ähnlichkeit mit dem Forscher Sutton, hingegen steckte etwas von seines Vaters unbändiger Neugier in ihm, einer Neugier, die jedem Unternehmen zugrunde liegt.
In diesem Augenblick waren sämtliche Warnungen seiner Schwester vergessen. Das Bild, das sie von Lambaire gezeichnet hatte, war aus seinem Gedächtnis gewischt, und er sah in ihm nur noch einen Wohltäter, einen Gönner und großzügigen Geschäftsmann. Die Vergangenheit mit ihren Entbehrungen, die er dank der fast mütterlichen Fürsorge und Opferbereitschaft von Cynthia kaum gekannt oder gespürt hatte, war tot.
»Ich – ich weiß kaum, was ich sagen soll«, stammelte er.

»Natürlich würde ich die Arbeit meines Vaters gerne fortführen – ich habe mich immer sehr für solche Dinge interessiert wie Expeditionen und all das...«
Die Aussicht, die sich ihm da unerwartet eröffnet hatte, verschlug ihm den Atem. Als Lambaire ihm seine große weiße Hand entgegenstreckte, ergriff und schüttelte er sie voll Dankbarkeit – er, der in der festen Absicht gekommen war, diese Beziehung endgültig abzubrechen.
»Weich wie Butter«, bemerkte Whitey hinterher. »Halten Sie ihn vom Eisberg fern, und das Spiel ist gewonnen... Das Problem ist der Eisberg.«

6

So war es also gewesen.
Mit größtmöglicher Ruhe setzte Francis Sutton seiner Schwester den Fall auseinander.
Sie stand am Fenster und malte mit den Fingerspitzen Muster in die polierte Oberfläche eines kleinen Tisches, während sie den Blick auf die Straße gerichtet hielt.
Francis' Erklärungen waren unlogisch und unnötig laut gewesen, und sie war von seinem ungestüm hervorbrechenden Wortschwall völlig erschlagen. Sie schwieg demzufolge, und nach einiger Zeit sprach er sie vorwurfsvoll darauf an.
»Du hast mir noch keine Gelegenheit gegeben, etwas zu sagen, Francis, und ich bin über deine neue Einstellung sehr bestürzt –«
»Hör zu, Cynthia«, fiel er ihr ungeduldig ins Wort, »es ist sinnlos, dieses unselige Thema noch einmal durchzunehmen. Lambaire ist ein Mann von Welt, den man nicht mit den üblichen Maßstäben oder nach Schulmädchenvorstellungen messen kann. Selbst wenn du bis zum Sankt-Nimmerleins-Tag dagegen sprichst, kannst du mich nicht umstimmen. Ich bin entschlossen. Eine solche Chance bietet sich mir nicht wieder, und ich bin sicher, mein Vater hätte sich darüber gefreut.«
Erwartungsvoll machte er eine Pause, aber sie ließ sie absichtlich ungenützt.

»Um Himmels willen, Cynthia, nun fang bitte nicht an zu schmollen.«
Sie wandte sich von ihrer Betrachtung der Außenwelt ab.
»Erinnerst du dich noch, wie du letzte Nacht nach Hause gekommen bist?« fragte sie unvermittelt, und der junge Mann bekam einen roten Kopf.
»Das finde ich unfair von dir«, fuhr er hoch. »Jeder macht einmal eine Dummheit, deswegen –«
»Das meine ich nicht«, sagte sie. »Ich wollte dich nur daran erinnern, daß dich ein Gentleman nach Hause gebracht hat – er kannte Lambaire besser als du oder ich – ja? – du wolltest etwas sagen?«
»Nur weiter im Text«, ermunterte er sie triumphierend. »Ich sage nachher, was ich weiß.«
»Er sagte, Lambaire sei nicht bloß ein Angeber – er sei ein Verbrecher, einer der raffiniertesten Gauner, skrupellos und ohne Gnade.«
Auf Francis' Gesicht lag ein Lächeln, als sie geendet hatte.
»Und weißt du auch, wer dieser Gentleman war?« fragte er schadenfroh. »Amber! – Nie von Amber gehört?«
Sie schüttelte den Kopf.
»Er ist ein Dieb, ein hundsgemeiner Dieb – da kannst du lange den Kopf schütteln, Cynthia; vor genau einer Woche wurde er aus dem Gefängnis entlassen – das ist dein Mr. Amber.«
»Mr. Amber«, wiederholte eine Stimme an der Tür, wo das Dienstmädchen den völlig gelassen erscheinenden Gegenstand ihrer Diskussion eintreten ließ.
Amber steckte in der üblichen Tracht der Zivilisation. Sein geknöpfter Cut war nach der letzten Mode geschnitten, sein Hemd von strahlendstem Weiß, und der Hut in seiner Hand glänzte, wie nur ein Seidenhut glänzt. Fleckenlos weiß waren auch die Gamaschen über den schwarzen Lackschuhen, ebenso die hautengen Handschuhe.
Er hätte aus einem Modejournal treten können, so tadellos sah er aus.
Amber bedachte den verlegenen Jüngling mit einem freundlichen Lächeln und streckte der jungen Dame die Hand entgegen.
»Ich war gerade in der Nähe und dachte, ich schau schnell herein«, erklärte er unbeschwert. »Der Bus fährt direkt an Ihrem

Haus vorbei – sehr praktisch; was ich an London so liebe, sind die öffentlichen Verkehrsmittel – darf ich meinen Hut ablegen? – vielen Dank. Falls ich jemals zu Geld komme, kaufe ich mir ein Haus an der Park Lane, das ist ganz nahe bei der Untergrundbahn. Und wie geht es Ihnen?«
Francis Sutton brummte eine banale Antwort und ging auf die Tür zu.
»Einen Augenblick, Francis.« Cynthia war abwechselnd rot und weiß geworden, und die Hand, mit der sie Muster auf die Tischplatte gezeichnet hatte, zitterte leicht, als Amber eintrat. Nun wirkte sie völlig gelassen, wenn auch etwas blasser als sonst. Francis blieb stehen, die Hand schon am Türknopf, und bedachte seine Schwester mit warnendem Stirnrunzeln.
»Mr. Amber«, begann sie dessenungeachtet, »ich finde es Ihnen gegenüber nur anständig, zu wiederholen, was ich soeben gehört habe.«
»Cynthia, ich bitte dich!« sagte Francis ärgerlich.
»Man sagt von Ihnen, Mr. Amber«, fuhr sie fort, »daß Sie ein – ein schlechter Mensch sind.«
»Madam«, erklärte Amber mit ernstem Gesicht, »ich bin ein schlechter Mensch.«
»Und daß – daß Sie kürzlich aus dem Gefängnis entlassen wurden«, stammelte sie und mied seinen Blick.
»Wenn Sie mit ›kürzlich‹ vor ungefähr einer Woche meinen«, sagte Amber bedächtig, »so trifft das ebenfalls zu.«
»Ich habe es dir ja gesagt«, rief Francis mit einem triumphierenden Lachen, und Amber fuhr herum.
»Woher dieser Übermut?« sagte er vorwurfsvoll. »Es ist nicht so lustig im Zuchthaus – *quid rides,* Sutton?« Seine Brauen gingen fragend in die Höhe.
Etwas veranlaßte die junge Dame, ihn anzusehen. Vielleicht hatte sie erwartet, daß er sich schämte, statt dessen sah sie nur unverhohlenen Ärger.
»Mein vergangenes Mißgeschick kann Sie nicht interessieren«, sagte er leicht betrübt. »Als ich in jener unvergeßlichen Nacht auf Ihren Wunsch durch das Portal jenes Hauses trat, wohin ich nicht einmal einen rechtschaffenen Folterknecht einladen würde – damit meine ich den uniformierten Handlanger des Schicksals, nämlich den Gefangenenwärter –, haben Sie meiner Erin-

nerung nach nicht nach meinen Zeugnissen gefragt oder Beweise meiner Ehrbarkeit verlangt.«
Dann wandte er sich wieder an den jungen Mann.
»Mr. Sutton«, begann er sanft, »ich glaube, Sie sind ein bißchen undankbar, ein bißchen voreilig. Ich bin hergekommen, um mit dem nötigen Feingefühl, wie es der Sache entspricht, eine Beichte abzulegen über meine bisherigen Verbrechen, Winkelzüge, Bestechungskünste, Überführungen und Inhaftierungen, ergänzt durch einige Erläuterungen, wie leicht ein halsstarriger junger Kavaliersoffizier in den Abgrund reiten kann.«
Er hatte nicht ein einziges Mal Atem geschöpft und war offensichtlich sehr mit sich selbst und dem Bild zufrieden, das er von seinem früheren Leben entworfen hatte. Er streckte sich, drückte die Schultern zurück, klemmte sein Monokel fester ins Auge und wandte sich hierauf mit einer Verbeugung gegen die junge Dame und einem Blick auf ihren Bruder der Tür zu.
»Einen Augenblick, Mr. Amber!« Sie hatte ihre Stimme wiedergefunden. »Ich erlaube nicht, daß Sie so weggehen. Wir sind in Ihrer Schuld, Francis und ich...«
»Denken Sie manchmal an mich«, sagte Amber leise, »das ist die schönste Belohnung, Miss Sutton.«
Impulsiv trat sie ein paar Schritte vor und streckte die Hand aus. Er ergriff sie.
»Es tut mir so leid«, war alles, was sie sagte, aber sie merkte am Druck seiner Hand, daß er sie verstand.
Während sie nur eine ganz kurze Zeitspanne Hand in Hand standen, schlüpfte Sutton hinaus. Er erwartete Besuch und hatte es in der Ferne klingeln hören.
Keiner der beiden bemerkte seine Abwesenheit. Cynthia hatte ihr Gesicht zu Amber erhoben, und in ihren Augen stand grenzenloses Mitleid.
»Sie sind zu gut – zu gut für ein solches Leben«, sagte sie. Amber hatte ein Lächeln in den Augen.
»Das können Sie nicht wissen«, entgegnete er. »Vielleicht verschwenden Sie ihr Mitgefühl – ich komme mir ganz niederträchtig vor, wenn Sie mich bedauern.«
Noch bevor sie antworten konnte, flog die Tür auf, und Sutton stürmte herein, gefolgt von Lambaire, feierlich herausgeputzt und tadellos gekämmt. Als letzter erschien, nicht minder ge-

schniegelt, der unvermeidliche Whitey.
Sprachlos starrte Cynthia Sutton auf die beiden Neuankömmlinge. Das war wirklich ein starkes Stück ihres Bruders, diese Männer ins Haus zu bringen. Ihr Empfang wäre in jedem Fall äußerst kühl gewesen, nun aber packte sie blinde Wut, denn sie vermutete, daß er sie hereingeführt hatte, um Ambers Niederlage zu krönen.
Francis' erste Worte bewiesen es denn auch.
»Cynthia«, begann er mit unverhohlener Genugtuung, »hier sind die beiden Herren, die Mr. Amber verleumdet hat – falls er wiederholen möchte –«
»Jung, sehr jung«, sagte Amber nachsichtig und enthob damit Cynthia der Aufgabe, die Situation zu meistern; sie war für den Rest der Zeit nur noch Zuschauerin.
»Hier also steht der Schuldige den beiden Herren gegenüber« – Amber wies mit weit ausholender Handbewegung auf Lambaire und seinen Gefährten –, »die er so schwer beleidigt hat. Nun, Lambaire, was haben Sie über uns zu sagen, das wir nicht selbst schon gestanden hätten?«
»Ich weiß, daß Sie ein Dieb sind«, sagte Lambaire.
»Stimmt, o König!« gab Amber fröhlich zu.
»Ich weiß, daß Sie drei- oder viermal für verschiedene Verbrechen eingesperrt waren.«
»Klingt wie ein Kinderreim«, sagte Amber bewundernd. »Weiter im Text, Lambaire.«
»Das ist, glaube ich, genug, um Sie aus jeder anständigen Gesellschaft auszuschließen.«
»Mehr als genug – mehr als genug«, bekannte Amber mit einem melancholischen Lächeln. »Und was sagt mein Whitey? Was sagt mein Bleichgesicht dazu?«
»Hören Sie, Amber«, begann Whitey.
»Ich habe Ihnen schon einmal erklärt«, unterbrach ihn Amber, »daß Sie sich mit meinem Namen keine Freiheiten herauszunehmen haben. Für Sie, Whitey, bin ich Mr. Amber.«
»Mister oder Master, ein Halunke sind Sie.«
»Ein was?«
Der entsetzte Ausdruck auf Ambers Gesicht täuschte vorübergehend selbst einen so erfahrenen Mann wie Whitey.
»Ich will sagen, Sie sind ein bekannter Dieb«, korrigierte er sich.

»Das gefällt mir besser«, pflichtete Amber ihm bei. »Sonst noch etwas?«
»Das ist genug, denke ich«, entgegnete der andere grob.
»Jetzt, da Sie's aussprechen, glaube ich auch, ›genug‹ ist das richtige Wort.« Mit einem spöttischen Lächeln, das er selten ablegte, blickte er von einem zum andern. »Mehr als genug«, wiederholte er. »Wir sind entdeckt, erledigt, fru-striert, wie mein lieber Freund sagen würde.«
Sorgfältig knöpfte er seinen tadellos geschnittenen Cut auf und ließ die Hand in eine Innentasche gleiten. Mit übertriebener Langsamkeit brachte er eine protzige Brieftasche aus rotem Saffianleder zum Vorschein. Mit ihren Silberbeschlägen wirkte sie so pompös, daß jedermann darauf aufmerksam wurde. Einer allerdings kannte sie schon. Lambaire trat schnell einen Schritt vor und griff danach.
»Die gehört mir!« rief er, aber Amber war schneller.
»Nicht doch, Lambie«, sagte er. »Bedenken Sie, daß eine Dame anwesend ist. Verschieben wir diesen Unfug auf später.«
»Sie gehört mir«, schrie Lambaire ärgerlich. »Sie wurde mir in jener Nacht gestohlen, als Sie in den ›Whistler‹-Club eindrangen. Mr. Sutton, ich werde an diesem Kerl ein Exempel statuieren. Gestern wurde er aus dem Gefängnis entlassen, heute kehrt er dorthin zurück. Würden Sie bitte die Polizei holen lassen?«
Francis Sutton zögerte.
»Sparen Sie sich die Mühe – und den Skandal«, meinte Amber gleichmütig. »Hier haben Sie Ihr Portefeuille – der Inhalt ist praktisch vollständig.« Mit einem freundlichen Nicken überreichte er ihm die Brieftasche.
»Ich habe lediglich«, fuhr er fort, »teils als Belohnung für meine Ehrlichkeit, teils als Erinnerung an einen netten Abend einen kleinen Fünfer zurückbehalten – als Provision sozusagen.«
Er hielt eine Banknote zwischen den Fingern und knisterte verliebt damit, und Cynthia, die völlig verwirrt von einem zum andern blickte, sah, wie Lambaires Gesicht vor Angst grau wurde.

7

Zwischen Lambaire und Whitey wurde kein Wort gewechselt, während ein Taxi sie durch die Stadt zu Lambaires Büro fuhr. Unmittelbar nachdem Amber weggegangen war, hatten sie sich überstürzt und hastig von Francis Sutton verabschiedet.

Es war nach Geschäftsschluß, und Grene war schon weg, als Lambaire die Tür seines Privatbüros hinter sich ins Schloß fallen ließ und in seinen gepolsterten Sessel sank.

»Was sagen Sie dazu?« Gespannt blickte Whitey zu ihm hinunter, als er diese Frage stellte.

»Puuuh!« Lambaire wischte sich die Stirn.

»Los!« befahl Whitey.

»Whitey – dieser Kerl hat uns erwischt.«

Whiteys dünne Lippen kräuselten sich zu einem verächtlichen Lächeln.

»Sie sind aber auch kinderleicht zu schlagen, Lambaire«, piepste er mit seiner schrillen Stimme. »Sie sind ein Schlappschwanz! Ein Waschlappen sind Sie!«

Er steigerte sich in einen seiner Wutanfälle hinein, die Lambaire mehr als alles andere auf der Welt fürchtete.

»Hör zu, Whitey, sei vernünftig. Wir müssen die Dinge sehen, wie sie sind. Wir müssen uns mit ihm verständigen, ihn schmieren!«

»Ihn schmieren!« Whiteys Hohn und Verachtung machten sich in einem krächzenden Lachen Luft. »Amber schmieren – Sie haben wohl nicht alle Tassen im Schrank! Sehen Sie denn nicht, daß er ehrlich ist! Dieser Kerl ist ehrlich, vergessen Sie das nicht!«

»Ehrlich – wieso –«

»Ehrlich, ehrlich, ehrlich!« Whitey schlug bei jedem Wort mit geballter Faust auf den Schreibtisch. »Sehen Sie das denn nicht, Lambaire? Sind Sie blind? Begreifen Sie nicht, daß er ein Zuchthäusler und trotzdem ehrlich sein kann – daß er ein Dieb und gleichzeitig aufrichtig sein kann – so einer ist er.«

Als er geendet hatte, blieb es lange Zeit still. Whitey trat ans Fenster und schaute hinaus, und Lambaire kaute an seinen Fingernägeln...

Nach einer Weile drehte Whitey sich um.

»Also, was meinen Sie?« fragte er.
Lambaire zuckte die Schultern.
»Es steht schlimm; wir müssen diese Diamantengeschichte zum Klappen bringen. Ihre Idee mit diesem Jungen ist genial, Whitey. Wenn wir ihn vor den Karren spannen, kann uns das retten.«
»Nichts kann uns retten«, fauchte Whitey. »Wir sitzen in der Patsche, und zwar nicht nur, weil wir die Aktionäre beschwatzt haben oder uns mit dieser Gesellschaft strafbar machten – es geht um ein Kapitalverbrechen, Lambaire.«
Er sah, wie den großen Mann schauderte, und nickte.
»Machen wir uns doch nichts vor« – sein unaufhörliches Nicken erinnerte, grotesk, wie es war, an ein chinesisches Spielzeug –, »das gibt zwanzig Jahre für Sie und zwanzig Jahre für mich. Die Polizei hat die ganze Welt nach jenem Mann abgesucht, der diese Banknoten herstellt – und Amber braucht sie nur aufzuklären.«
Es war abermals still – fast eine Stunde lang, während die beiden Männer bei zunehmender Dunkelheit in ihre Gedanken vertieft waren. Doch regte sich in ihnen weder Reue, noch empfanden sie Gewissensbisse. Sie waren einzig auf ihre Selbsterhaltung bedacht, um jeden Preis und auf wessen Kosten auch immer.
»Sie haben doch hoffentlich nichts hier?« unterbrach Whitey schließlich das lange Schweigen.
Lambaire antwortete nicht sogleich, und sein Kompagnon wiederholte die Frage deutlicher.
»Nein... das heißt...«, Lambaire zögerte, »ich habe ein paar Druckplatten –«
»Sie Idiot!« zischte der andere. »Sie hoffnungsloser Trottel! Ausgerechnet hier, wo sie zuerst suchen werden.«
»In meinem Safe, Whitey«, ergänzte Lambaire fast flehentlich, »in meinem eigenen Safe; niemand hat einen Schlüssel dazu, außer mir.«
Es folgte wiederum ein langes Schweigen, nur von Whiteys gelegentlichem Schnauben unterbrochen.
»Morgen werden sie weggeschafft, hören Sie! Da will ich noch lieber von der Gnade eines Kerls wie diesem Amber abhängig sein, als daß ich mein Leben einem Dummkopf wie Ihnen in die

Hände lege. Wie sind Sie überhaupt zu diesen Platten gekommen? Womöglich noch in ein Geständnis eingewickelt und mit vollem Namen signiert! Dazu ein paar kleine Rosinen über das Silbergeschäft, was? Und die Druckerei in Hookley? Mit genauer Ortsangabe und einem Kroki, um den Spitzeln zu helfen – oh, Sie Hanswurst!«

Lambaire hatte während der ganzen Tirade geschwiegen. Es war beinahe vollständig dunkel geworden, ehe Whitey wieder zu sprechen geruhte.

»Es hat keinen Zweck, hier herumzusitzen«, knurrte er. »Gehen wir essen, Lambaire – vielleicht ist es nicht ganz so schlimm.« Seine Stimme verriet, daß er wieder auf den Platz des zweiten Geigers zurückgetreten war. Nur wenn er verärgert war, erhob er sich über seinen Herrn und Meister. Dieses seltsame Wechselspiel in der Rangordnung war in all den Jahren ihrer Zusammenarbeit zu einer festen Größe geworden.

Jetzt übernahm Lambaire wieder seine angestammte Führerrolle.

»Du quatschst zuviel Unsinn, Whitey«, erklärte er, während er die Tür zusperrte und die dunkle Treppe hinunterging. »Du hältst immer alles für erwiesen und fällst rücksichtslos über andere her.«

»Mag sein«, bekannte Whitey lahm. »Ich bin eben wie eine brennende Jutefabrik, wenn ich aufgebracht bin.«

»Ich werde in Zukunft die Feuerwehr spielen«, scherzte Lambaire.

Sie speisten in einem kleinen Restaurant in der Fleet Street, dem ersten, auf das sie stießen.

»Wir müssen diese Platten trotzdem verschwinden lassen«, kam Whitey während des Essens auf das Thema zurück. »Für die Banknote können wir eine Ausrede finden. Der Umstand, daß sie in Ambers Besitz ist, dürfte eher ihm schaden als uns – er steht unter Verdacht, und seine Entlassung ist nur unter Vorbehalt erfolgt.«

»Das stimmt«, bekannte Lambaire. »Ich weiß einen Ort, wo wir sie morgen –«

»Heute nacht!« erklärte Whitey. »Es ist gefährlich, bis morgen zu warten. Wir können morgen schon in der Tinte sitzen – wenn nicht gar im Knast. Ich traue diesem Amber nicht über den Weg.

Er ist kein Polyp, Lambaire – der Mann hat Köpfchen –, er hat Bildung und gesunden Menschenverstand.«
»Dann also noch heute nacht«, willigte Lambaire augenblicklich ein, als er spürte, daß Whiteys Ärger, der so leicht aufflammte, wieder zu glühen begann. »Gleich nach dem Essen. Und was diesen Amber betrifft – wer ist er eigentlich? Ein Glücksritter oder so was?«
Es gab über Aufstieg und Fall von Amber verschiedene Versionen, die meisten stammten von Amber selbst.
»Amber? Ein komischer Vogel. Vom Cowboy bis zum Schauspieler ist er alles gewesen. Ich habe schon früher von ihm gehört. Er ist Gauner aus Leidenschaft. Das ist das Wesentliche. Er hat das College besucht.«
»College« war für Whitey eine vage und allgemeine Bezeichnung für geheimnisvolle Machenschaften, ungeahntes Wissen in menschliche Köpfe zu stopfen. Im College konnten Kenntnisse erworben werden, die anderswo nicht erhältlich waren. Er besaß den Respekt des Halbgebildeten vor der Bildung.
»Er bekam Schwierigkeiten wegen eines selbsterfundenen Spielchens in der Art von Senden-Sie-mir-fünf-Shilling-und-Sie-bekommen-fünfzig-zurück. Es war so einfach, daß er nach seiner Entlassung aus dem Gefängnis das gleiche mit Variationen wiederholte. Er betreibt Betrügereien, wie andere Menschen Marken sammeln.«
Sie ließen sich Zeit mit dem Essen, und die Zeiger der vielen Uhren in der Fleet Street rückten schon auf halb zehn, als sie fertig waren.
»Gehen wir zu Fuß zurück«, schlug Lambaire vor. »Zum Glück gibt es in der Flair Lane keinen Pförtner.«
»Haben Sie den Schlüssel zum Hauptportal?« fragte Whitey, und Lambaire nickte.
Die Flair Lane war um diese nächtliche Stunde völlig verlassen, und sie begegneten nur einem einzelnen Schutzmann, der die Türen kontrollierte und ihnen freundlich eine gute Nacht wünschte.
Während sie vor dem Hauptportal des großen Gebäudes standen, in dem sich Lambaires Büro befand, gab Whitey seine Ansichten über die geplante Sutton-Expedition zum besten.
»Das ist unsere Chance, Lambaire, und je länger ich darüber

nachdenke, um so größer scheint sie mir. Sofern die Sache klappt, können wir loslegen und kriegen Geld zum Versauen – dann könnten wir alle heiklen Geschäfte fallenlassen – glatt vergessen.«
»Das habe ich immer schon gedacht«, entgegnete der andere, »ich war nur zu gutmütig, sonst hätte ich's geschafft.«
»Was ist?« fragte Whitey, der merkte, daß Lambaire Schwierigkeiten mit dem Aufschließen hatte.
»Dieses Schloß – ich bin diese Tür nicht gewohnt –, ah, jetzt geht's.«
Der Schlüssel drehte sich, und die Tür ging auf. Sie sperrten sie hinter sich wieder zu, und Lambaire zündete ein Streichholz an, um die dunkle Treppe zu finden. Auf dem ersten Absatz strich er ein weiteres Hölzchen an, bei dessen Licht sie noch eine Etage höher stiegen.
Hier blieben sie stehen.
»Zünd ein Streichholz an, Whitey«, sagte Lambaire und zog den Schlüssel aus der Tasche.
Aus irgendeinem Grund ließ sich der Schlüssel jedoch nicht drehen.
»Komisch«, murmelte Lambaire und versuchte es mit Gewalt.
Aber der Schlüssel drehte sich immer noch nicht.
Whitey strich unterdessen ein neues Hölzchen an.
»Lassen Sie mich mal ran«, sagte er.
Er drehte am Schlüssel, aber ohne Erfolg; dann versuchte er die Klinke.
»Es ist gar nicht zugesperrt«, sagte er, und Lambaire fluchte.
»Dieser verdammte Idiot von Grene – dabei habe ich ihm schon tausendmal gesagt, daß er die Türe schließen und zusperren soll, wenn er abends nach Hause geht.«
Er ging durch das vordere Büro, und da es kein elektrisches Licht hatte, benötigte er noch mehr Streichhölzer, um zu seinem Privatkontor zu gelangen. Er zog einen weiteren Schlüssel aus der Tasche und ließ das Patentschloß zurückschnappen.
»Komm herein, Whitey, nehmen wir dieses Zeug aus dem Safe – wer ist da?«
Es war jemand im Büro, das spürte er. Der Raum war stockdunkel, die einzige Helligkeit kam von einer Gaslampe im Hof, aber es drang nur ein ganz schwacher Schimmer herein.

»Bleib an der Tür, Whitey«, schrie Lambaire und ließ ein Streichholz aufflammen. Einen Augenblick sah er überhaupt nichts; er starrte in das Dunkel, und als sich seine Augen an die Schatten gewöhnt hatten, stieß er einen Fluch aus.
Der Safe – sein privater Safe stand sperrangelweit offen.
Dann bemerkte er neben dem Schreibtisch die gebückte Gestalt eines Menschen, ließ das Streichholz fallen und stürzte auf ihn zu.
Im letzten Flackern des Flämmchens sah er, wie sich die Gestalt erhob, und dann spürte er mitten im Gesicht eine Faust, hart wie Stahl. Krachend schlug er hin.
Whitey sprang von der Tür herbei, aber eine Hand packte ihn im Nacken, hob ihn wie ein hilfloses Kätzchen in die Höhe, und mit einem dumpfen Aufprall schlug er gegen die Wand...
»Zünd ein Streichholz an, hörst du!« Lambaire erholte sich als erster und brüllte wie ein Stier. »Licht – mach Licht!«
Mit zitternden Fingern suchte Whitey nach der Schachtel.
»Am Fenster drüben hängt ein Gasleuchter – verflucht noch mal! – dieser Kerl hat mich fertiggemacht.«
Der weißglühende Lichtschein enthüllte einen völlig aufgelösten Lambaire, blaß wie der Tod, das Gesicht von Blut überströmt.
Er rannte zum Safe. Es herrschte keine auffallende Unordnung, nichts ließ darauf schließen, daß er aufgebrochen worden war. Fieberhaft wühlte er in allen Papieren, warf sie auf den Boden und versuchte krampfhaft, etwas zu finden.
»Weg!« keuchte er. »Die Platten – sie sind weg!«
Krank vor Angst drehte er sich zu Whitey um. Dieser stand zitternd in der Tür.
»Sie sind fort, sagen Sie?« fragte er kaum lauter als ein Flüstern.
»Dann war es Amber.«
»Amber?«
»Amber«, bestätigte Whitey heiser. »Ich habe ihn gesehen – Sie wissen, was das bedeutet?«
»Amber«, wiederholte Lambaire verstört.
»Amber – Amber!« Whitey schrie den Namen beinahe. »Verstehen Sie denn nicht, was ich sage – es war Amber, dieser Gauner.«
»Und was tun wir jetzt?«

Der große Mann war in seiner Angst wie ein Kind.
»Tun!« lachte Whitey, und in diesem seltsamen kurzen Lachen lag der ganze Haß, den er im Herzen trug. »Wir müssen ihn finden, müssen uns mit ihm treffen, wir müssen ihn umbringen, diesen verfluchten Kerl!«

8

Peter Musk bewohnte den ganzen obersten Stock von Redcow Court Nummer 19 und galt beim Hausbesitzer als ein mustergültiger Mieter, denn er bezahlte seine Miete immer regelmäßig. Von den drei Zimmern bewohnte eins Peter, Amber (»mein Neffe vom Land«, sagte Peter vorsichtig) das zweite, während das dritte Peters »Unterhaltungszimmer« war.
Er war gerade beim spannendsten Kapitel der vielseitigen Karriere von »Handsom Hike – dem Schrecken von Texas« angelangt, als Amber hereinkam, besser gesagt: hereinstürmte; er ließ ein atemloses kleines Lachen hören, als er die Tür zumachte.
Peter blickte über den Rand seiner Brille hinweg und ließ sein Buch sinken. »In Schwierigkeiten?« fragte er begierig, und als Amber lachend verneinte, zeigte das Gesicht des alten Mannes eine Falte der Enttäuschung.
»Nein, Peter«, sagte Amber und hängte seinen Hut an den Haken. »Ich stecke nicht in Schwierigkeiten – in keiner Weise.« Er zog zwei flache Päckchen aus der Tasche und legte sie behutsam auf den Tisch. Sie waren in Zeitungspapier gewickelt und mußten ziemlich schwer sein. Amber trat an den Kaminsims, auf dem eine Öllampe brannte, und betrachtete prüfend seine Jacke.
»Was ist los, Amber? Was suchst du?«
»Blut«, gab Amber zur Antwort. »Geronnenes Blut. Ich war genötigt, einem Herrn eine Waffe ins Gesicht zu schlagen – genauer gesagt: meine Faust.«
»Was?« Peter war erwartungsvoll aufgestanden.
Amber zog die Jacke aus und untersuchte das Kleidungsstück eingehend.

»Keinerlei belastende Flecken«, meinte er ein wenig frivol und trat an den Tisch, wo seine Päckchen lagen. Die Jacke hatte er wieder angezogen, und nun griff er in eine der Taschen und brachte ein flaches rundes Lederetui zum Vorschein. Er drückte auf den Verschluß, und der Deckel sprang auf wie bei einer Taschenuhr.
Interessiert sah ihm Peter zu. »Das ist ein Kompaß.«
»Richtig, Peter, das ist ein Kompaß – aber mit dem Nachteil, daß er nicht ›paßt‹. Mit andern Worten: es ist der schamloseste Lügner von einem Kompaß; ein Irreführer, Peter, ein Teufel von einem Bestimmungsgerät, der die Füße auf Abwege bringt – kurz: es ist eine Niete.«
Er bewegte ihn leicht, drehte ihn ein-, zweimal und schüttelte ernsthaft den Kopf. Dann schloß er den Deckel wieder und legte das Instrument auf den Tisch. Hierauf wandte er sich den beiden Päckchen zu. Behutsam machte er sie auf. Zum Vorschein kamen zwei flache Platten, die eigenartig graviert waren. Er beugte sich über sie, sein Lächeln wurde breiter und breiter, bis er schließlich in ein heiteres, leises Lachen ausbrach.
Als er aufsah, begegnete er Peters besorgtem und verwundertem Blick und lachte laut heraus.
»Amber, es ist etwas los«, meinte sein Freund betrübt. »Du hast etwas vor und läßt mich aus dem Spiel, wo ich doch bei allem, was du unternommen hast, immer mitgemacht habe.«
Das stimmte zwar nicht ganz, aber Peter gefiel sich in der Annahme, daß er bei Ambers zahlreichen ruchlosen Machenschaften eine Rolle gespielt hatte.
»Es ist etwas los, *und* ich habe etwas vor, Peter«, bestätigte Amber, während er die Platten wieder sorgfältig einwickelte. »Wenn die Polizei plötzlich auftauchen und das hier in unserem Besitz finden würde, könnte ich für sieben lange, herrliche Jahre ins Loch wandern – und du mit.«
Mag sein, daß es an der schlechten Beleuchtung lag, jedenfalls schien es, als wäre Peter, der verwegene Verbrecher, bei dieser so unverblümt geschilderten Aussicht leicht erblaßt.
»Ist das nicht ein bißchen gefährlich?« meinte er unbehaglich. »Ein solches Risiko einzugehen – was ist es denn?«
»Fälschungen«, erklärte Amber ruhig. »Fälschungen von Banknoten.«

»Guter Gott!« hauchte Peter und klammerte sich Halt suchend an den Tischrand.
»Das dachte ich auch«, gestand Amber und erhob sich. »Deshalb werde ich diese kostbaren Gegenstände jetzt unverzüglich an einen sicheren Ort bringen.«
»Wohin? – Sei vorsichtig, alter Junge – bring dich nicht in Schwierigkeiten, und mich auch nicht – nach so vielen Jahren Straflosigkeit – wirf sie ins Wasser, miete dir unten bei Waterloo ein Boot.«
In heiserem Flüsterton erteilte er Amber seine Ratschläge, während dieser mit einem kurzen Nicken das Zimmer verließ, und schickte sie ihm noch über das Geländer nach, als er schon leichtfüßig die Treppe hinuntereilte.
Amber bog in den Borough ein und marschierte in Richtung London Bridge. Er kam an einem Polizisten vorbei, und das Unglück wollte es, daß ihn dieser erkannte. Er faßte ihn scharf ins Auge und nickte ihm zu.
Eine Unterhaltung mit einem neugierigen Polizisten war nachgerade das letzte, was Amber sich wünschte. Vorbeizugehen, als hätte er ihn nicht gesehen, würde den Mann verärgern, also blieb er stehen und setzte sein freundlichstes Lächeln auf.
»So, Mr. Amber«, witzelte der Beamte, »wieder draußen, wie ich sehe – und auf geradem Weg, will ich hoffen?«
»Schnurgerade, bester Schutzmann«, antwortete Amber ernst. »Sie könnten meinen Lebenswandel als Schiene benützen.« Er bemerkte, wie ihn der Beamte mit fachlichem Blick kurz inspizierte. Er wußte, daß die Platten aus seiner Tasche herausschauten und die nächste Bemerkung eine Frage nach dem Inhalt dieser flachen Päckchen sein konnte. Er sah sich nach einer Fluchtmöglichkeit um, und als er ein Taxi erblickte, hob er die Hand und pfiff es heran.
»Man gibt sich gewichtig«, meinte der Polizist mißbilligend.
»In gewissem Sinne bin ich es auch«, belehrte ihn Amber und wandte sich an den Fahrer, der seinen Wagen am Randstein abgestellt hatte.
»Ich möchte, daß Sie mich zu Scotland Yard bringen.« Und dann zum Polizisten gewandt: »Glauben Sie, daß Chefinspektor Fell heute Dienst hat?«
»Chefinspektor Fell« – in der Stimme des Beamten klang Re-

spekt mit –, »das kann ich Ihnen nicht sagen, wir sind über die Leute vom Yard nicht so genau unterrichtet – weshalb wollen Sie ihn sehen?«

»Ich fürchte, ich kann Ihre Neugier nicht befriedigen«, sagte Amber, während er in den Wagen stieg, »aber ich werde dem Chefinspektor mitteilen, daß Sie es gerne gewußt hätten.«

»Nichts dergleichen, Amber, hören Sie!« protestierte der Polizist, trat erschrocken an den Rand des Gehsteigs und legte die Hand auf den Schlag. »Sie werden nichts Derartiges sagen!«

»Nicht eine Silbe«, grinste Amber. »War doch nur Spaß. Beamtenehrenwort!«

Der Wagen beschrieb einen großen Bogen, und Amber sah durch das Rückfenster, wie der Polizist in einer unbestimmten Haltung von Zweifel und Mißtrauen immer noch an der gleichen Stelle stand.

Das hätte ins Auge gehen können, dachte er und atmete erleichtert auf. Es blieben ihm noch zehn Minuten, um sich einen Plan zurechtzulegen, aber da er sehr findig war, hatte er ihn schon bereit, noch ehe der Wagen über die Westminster Bridge gerollt war und bei Scotland Yard einbog.

»Ich möchte gerne Mr. Fell sprechen«, sagte Amber zu dem Inspektor, der hinter einem großen Schreibtisch saß und von einem Rapport aufblickte, an dem er gerade schrieb.

»Ihr Name?«

»Amber.«

»Kommt mir bekannt vor. Worum handelt es sich?«

Statt einer Antwort legte Amber eine Hand auf den polierten Tisch, der zwischen ihm und dem Beamten stand, und quer darüber zwei Finger.

Der Inspektor murmelte bejahend und griff nach dem Telefon. »Einer von draußen – für Mr. Fell ... Jawohl.« Er legte den Hörer wieder auf.

»Siebenundvierzig«, sagte er. »Sie kennen ja den Weg.«

Amber kannte ihn nicht, aber er hatte keine Schwierigkeiten, die Nummer siebenundvierzig zu finden; ein Empfangszimmer.

Er mußte ein paar Minuten warten, bis ein Bote erschien und ihn in ein einfaches Büro führte.

Josiah Fell bedarf keiner langen Einführung, hat er doch in

jedem großen Kriminalfall der letzten zwanzig Jahre eine Rolle gespielt. Ein kleiner, untersetzter Mann mit Stirnglatze und einem braunen Spitzbart. Seine kurze Nase war nach oben gerichtet, die Haut um seine gütigen blauen Augen war faltig vom vielen Lachen. Er glich dem Detektiv aus dem Roman noch weniger, als selbst Unbelesene sich vorstellen würden.
»Amber, Himmeldonnerwetter!« begrüßte er seinen Besucher. Er hatte die Angewohnheit, unnötig starke Ausdrücke zu gebrauchen.
»Kommen Sie herein, mein Junge, und *fermez la porte*. Also –?« Er öffnete eine Schublade und brachte ein Kistchen Zigarren zum Vorschein. Er freute sich immer, seine »Kunden« zu sehen, und Amber war ihm einer der liebsten, obschon er, bei Licht betrachtet, beruflich nie mit ihm zu tun gehabt hatte.
»Zigarre gefällig?«
»Ist etwas nicht in Ordnung damit?« fragte Amber und wählte sorgfältig eine aus.
»Also – was wünschen Sie? Geständnisse, ein neues Leben – ah, natürlich, Sie haben jemanden zu versorgen; man sagte mir am Telefon, daß Sie vom Außendienst sind.«
Amber schüttelte den Kopf.
»Ich sagte das nur, weil ich wußte, daß ich Sie dann leichter würde sprechen können – ein alter Sträfling hat mir diesen Tip gegeben.«
Er nahm die Päckchen aus der Tasche und legte sie auf den Tisch.
»Für mich?« fragte der Chefinspektor.
»In der Tat, Sie Halsabschneider.«
Der Detektiv schälte das Papier ab und stieß einen überraschten Laut aus, als er sah, was in den Päckchen war.
»Heiliger Bimbam!« Es folgte ein langes und weiches Pfeifen. »Aber nicht Ihre Arbeit, Amber? Das dürfte kaum auf Ihrer Linie liegen.«
»Nicht ganz.«
»Woher haben Sie das?« Fell blickte blitzartig hoch, als er diese Frage stellte.
»Das ist etwas, das ich Ihnen nicht verrate«, antwortete Amber ruhig. »Aber wenn Sie wissen wollen, wie ich dazu gekommen bin: Ich brach in ein Büro ein und fand sie im Safe.«
»Wann?«

»Diese Nacht.«
Der Chefinspektor drückte auf eine Klingel, und ein Polizist kam herein. »Senden Sie eine Mitteilung an sämtliche Posten: Falls ein Büroeinbruch gemeldet wird, ist der Kläger von Stund an zu beobachten.«
Der Mann schrieb die Order auf und ging.
»Das ist nur für den Fall, daß Sie Ihre Meinung nicht noch ändern und mir die gewünschten Angaben machen.«
»Ich denke nicht daran«, erklärte Amber entschieden. »Außerdem würde es Ihnen wenig helfen, zu wissen, woher sie kommen, wenn Sie die Druckerei nicht kennen.« Der Chefinspektor nickte. »Eine Bande, die solche Arbeit leistet, verfügt normalerweise über mehr als die üblichen Mittel. Falls Sie zuschnappen, beißen Sie ihr nur ein Stück Schwanz ab, und der Rest verschwindet wie der Blitz im Boden.«
»Ich kann sie beobachten lassen«, begann Fell.
»Aber, aber!« sagte Amber spöttisch. »Was heißt schon beobachten! Die würden Ihren Beobachter im Handumdrehen spitzkriegen, sie würden ihn an seinen Schuhen erkennen, an seinem Schnurrbart, an seinem glattrasierten Kinn. Ich kenne Ihre Beobachter; ich picke sie Ihnen aus einem Haufen heraus. Nein, ich habe mir etwas anderes gedacht.« Amber zögerte und schien leicht verlegen.
»Kommen Sie, nehmen Sie noch eine Zigarre, das löst die Zunge«, ermutigte ihn Fell und öffnete das Kästchen.
»Nein, danke«, erklärte Amber bestimmt. »Ich kann ohne solche Reizmittel sprechen. Was ich sagen wollte: Sie kennen meinen Lebenslauf?«
»Und ob«, sagte Fell. »Ich glaube ihn wenigstens zu kennen, was auf dasselbe herauskommt.«
»Nun, Chefinspektor«, fuhr Amber ziemlich ernst fort, »ich möchte Sie bitten, Ihren bemerkenswerten Intellekt auf ein Problem zu konzentrieren, das sowohl mich wie Sie betrifft. Oberflächliches oder unzureichendes Interesse an der Angelegenheit, die ich Ihnen unterbreiten möchte, könnte den Born der Offenheit, der sich ohnehin recht schwertut, leicht zum Versiegen bringen. Mit anderen Worten: Ich bin in einer heiklen Situation.«
Er schwieg einen Augenblick, dann erhob er sich von seinem

Stuhl, dem ihm Fell auf der anderen Seite seines Schreibtischs angewiesen hatte, und begann im Büro herumzugehen.
»Es wird in sämtlichen Gefängnissen Englands erzählt, daß eine Bande, und zwar eine ganz gerissene Bande, falsche Banknoten in Umlauf setzt – nicht nur englische, auch ausländische Noten.«
»Das erzählt man sich sogar in weniger exklusiven Kreisen, mein lieber Junge«, meinte Fell trocken, »und diese Bande wird dringend gesucht.« Er nahm eine der Platten und hielt sie ans Licht. »Das sieht gut aus, aber ohne einen Abzug kann ich nicht sagen wie gut.«
»Angenommen« – Amber beugte sich über den Tisch und sprach nun in vollem Ernst –, »angenommen, es ist das Werk dieser Bande – und angenommen, ich könnte sie ausfindig machen –«
»Was dann?«
»Hätten Sie dann für mich ein Plätzchen im Yard?«
Sie sahen sich einen Augenblick an, dann begannen sich die Falten neben den Augen des Chefinspektors zu vertiefen, und er brach in ein schallendes Gelächter aus.
»Chefinspektor«, sagte Amber vorwurfsvoll, »Sie beleidigen mich.«
Doch Ambers Klage blieb wirkungslos. Fell lachte, bis ihm die Tränen über die Wangen kullerten, und Amber sah ihn durchdringend an.
»Du meine Güte!« rang der Chefinspektor nach Luft und wischte sich die Augen. »Sie sind ja wohl ein Spaßvogel, Sie!« Er stand auf, holte einen glänzenden Schlüsselbund aus der Tasche und öffnete einen Schrank. Aus einer Schublade nahm er einen Bogen Papier, legte ihn auf den Schreibtisch und setzte sich wieder.
»Ihr Sündenregister!« spottete er.
Das Papier war der Länge nach genau in der Mitte geteilt. Auf der linken Seite waren zwei Eintragungen. Die rechte Seite war Zeile um Zeile eng beschrieben.
»Ihre Haftstrafen«, sagte der Detektiv.
Amber sagte nichts, er kratzte sich nur nachdenklich das Kinn.
»Nach meiner Rechnung«, fuhr der Detektiv langsam fort, »sind Sie in Ihrer kurzen, aber ereignisreichen Karriere zu rund

achtzig Jahren verurteilt worden.«
»Das scheint eine lange Zeit«, sagte Amber.
»In der Tat«, bestätigte Fell. »Und wenn Sie jetzt kommen und mir erklären wollen, Sie möchten ein neues Leben beginnen, das heißt, in die Kriminalabteilung eintreten, kann ich nur lachen. Sie haben mich einmal zum Narren gehalten, das reicht. Im Ernst, Amber«, fuhr er fort und senkte die Stimme, »glauben Sie, daß Sie uns in dieser Sache mit den Fälschungen helfen könnten? Der Chef wird langsam ungeduldig.«
Amber überlegte.
»Ich glaube schon. Sofern ich noch eine weitere Woche auf freiem Fuß bleiben kann.«
»Versuchen Sie's«, meinte Fell mit einem Lächeln.
»Ich will's versuchen«, versprach Amber gut gelaunt.

9

London schläft nie. Die große Stille, die sich über die Welt legt, das friedliche Schweigen aller Lebewesen kennt diese Stadt nicht.
Lange nachdem der Lärm des Tages verstummt ist, rasselt gelegentlich noch ein Fahrzeug, erklingt das Gebimmel von verspäteten Droschken durch die leeren Straßen, heult der Motor eines schnellen Wagens auf.
Dann herrscht minutenlang Ruhe vom Lärm der Welt, bis das ferne Pfeifen einer Lokomotive ertönt, gefolgt vom Stakkato der rollenden Wagen. In einem entfernten Bahnhof hat mit Laternenschwenken bereits wieder ein neues Tagewerk begonnen. Das Rattern langsamer Räder kommt näher – ein Marktkarren auf dem Weg nach Covent Garden; schwere Schritte im Gleichtakt – eine Polizeistreife macht ihre Runde. Mehr Räder, mehr Kreischen, eine Kirchenglocke verkündete die Uhrzeit, Füße eilen über das Pflaster...
Das alles hörte Lambaire, während er sich in seinem Bett von einer Seite auf die andere warf. Das alles und noch mehr, Geräusche, die ihren Ursprung in seiner Einbildung hatten. Er hörte das Einschnappen von Stahl, das Knarren eines Schlüs-

sels, der ein Paar Handschellen öffnete.
Die ganze Nacht wälzte er Pläne und erwog Fluchtmöglichkeiten für den Fall, daß ihm hier der Boden zu heiß werden würde. In seinem verbundenen Schädel hämmerte es unangenehm, aber er dachte und dachte und dachte.
Wenn Amber die Platten hatte, was machte er damit? Es war kaum anzunehmen, daß er sie der Polizei übergab. Erpressung? Das lag schon eher auf Ambers Linie. Ein wöchentliches Einkommen, damit er den Mund hielt. Sollte er diesen Weg wählen, war der Fall klar. Whitey würde sich schon etwas einfallen lassen. Whitey kannte kein Mitleid... Lambaire schauderte – nur kein Mord.
Er hatte am gleichen Tag in einem Zeitungsartikel gelesen, daß in England nur zehn Prozent aller Morde ungeklärt blieben... Falls ein Wunder geschehen und er verschont bleiben sollte, würde er in Zukunft die Finger von krummen Sachen lassen, den Silberhandel und das Druckereigeschäft aufgeben und sich ganz auf die Diamanten konzentrieren. Das war eine legale Sache, und was an seiner Gesellschaft anrüchig sein mochte, würde über ihren glänzenden Erfolgen bald vergessen sein... De Beers würden kommen und Aktien von ihm wollen; er würde Millionen scheffeln... andere hatten das auch getan, und keiner sprach mehr von ihren zweifelhaften Vergangenheiten. Isadore Jarach zum Beispiel, der hinter der Park Lane eine palastartige Villa bewohnte, war am Anfang ein ganz übler Kerl gewesen. Und dann gab es noch einen... wie hieß er nur...?
Es begann bereits zu dämmern, als er endlich in einen unruhigen Schlaf fiel. Ein Klopfen an der Tür schreckte ihn auf, und er sprang aus dem Bett. Er hatte die wildesten Befürchtungen, und seine Augen wanderten zum Schreibtisch, in dem eine geladene Derringer lag.
»Machen Sie auf, Lambaire.«
Es war Whitey, der ungeduldig Einlaß begehrte, und mit zitternder Hand schob Lambaire den kleinen Riegel an der Tür zurück.
Brummend trat Whitey ins Zimmer. Falls er ebenfalls eine schlaflose Nacht verbracht hatte, war ihm das jedenfalls nicht anzusehen.
»Zum Glück wohnen Sie in einem Hotel«, begann er, »sonst

hätte ich ewig klopfen können, ohne hineinzukommen. Puh! Wie Sie aussehen! Der reinste Trümmerhaufen!« fuhr er fort.
»Komm, sei still, Whitey!« Lambaire goß ein Becken voll Wasser und tauchte das Gesicht hinein. »Ich hatte eine schlechte Nacht.«
»Ich hatte überhaupt keine Nacht«, belehrte ihn sein Mitarbeiter. »Nicht die Spur einer Nacht. Aber sehe ich deshalb aus wie ein seekranker Gimpel? Hoffentlich nicht. Während Sie in Ihrem weichen Bettchen lagen, habe ich die Straßen nach Amber abgeklopft. Und ich habe ihn gefunden.«
Lambaire, der sich mit einem Handtuch das Gesicht abtrocknete, hielt inne und starrte ihn an.
»Du hast ihn doch nicht –«, flüsterte er ängstlich.
Whitey kräuselte verächtlich die Lippen.
»Ich habe ihn nicht umgebracht, falls Sie das gemeint haben. Und nun hören Sie schon auf zu zittern, Lambaire, Sie kriegen immer gleich den Angstschlotter. Ich habe ihn nicht getötet – er wohnt im Borough«, fügte er hinzu.
»Woher weißt du das?« fragte Lambaire.
»Nun fangen Sie nicht auch noch damit an!« bat Whitey gereizt. »Fragen Sie nicht um des bloßen Fragens willen, ziehen Sie sich an, und lassen wir Amber aus dem Spiel.«
»Warum?«
Whitey steckte zwei lange weiße Finger in die Westentasche und brachte einen goldenen Zahnstocher zum Vorschein. Während er ihn benützte, starrte er gedankenverloren zum Fenster hinaus.
»Lambaire«, sagte er schließlich wie jemand, der zu sich selbst spricht, »streichen Sie Amber. Konzentrieren Sie sich ganz auf die Diamanten.«
»Genau das habe ich auch gedacht«, erklärte Lambaire eifrig. »Vielleicht sollten wir sogar selbst hingehen und uns umsehen –«
»Hingehen? Teufel auch!« schnappte Whitey. »Ich soll nach Afrika gehen... in Hitze... und Fieber? Blödsinn! Nein, wir gehen noch einmal zu der jungen Dame und erzählen ihr unsere Geschichte, liefern uns ihr sozusagen auf Gnade und Ungnade aus – ich habe mit dem jungen Sutton bereits eine Verabredung getroffen.«

»Schon?«
»Schon«, höhnte Whitey. »Ich habe ihn angerufen.«
»Und was ist mit Amber und den Platten?«
»Erpressung«, sagte Whitey.
Lambaire kicherte erleichtert. »Das hatte ich mir gleich gedacht. Und Sutton?«
»Kommt zum Frühstück hierher; beeilen Sie sich also mit dem Anziehen.«
Eine halbe Stunde später folgte ihm Lambaire in die große Hotelhalle nach. Ein Bad sowie ein Besuch beim Hotelbarbier hatten sein Erscheinungsbild leidlich gebessert, aber die Spuren der vergangenen Nacht waren nicht ganz verschwunden, und der schwarze Seidenverband um seinen Kopf verlieh ihm ein ziemlich düsteres Aussehen.
Schlag neun traf Francis Sutton ein, machte sich ein bißchen wichtig, wie es sich für einen angehenden Forscher gehört, und alle drei gingen ins Eßzimmer hinüber.
Es gibt Menschen, die sich schwer definieren lassen. Zu ihnen gehörte Francis Sutton. Er war so unbestimmt, unstet und wandelbar, daß eine Beschreibung schon von einem Tag auf den andern falsch werden konnte.
Gut und Böse waren in seinem Innern genau geteilt. Er war voll guten Willens, nur ließ er sich jeweils von momentanen Stimmungen und Umständen beeinflussen. Er konnte von zu Hause weggehen und fest entschlossen sein, in einer bestimmten Art und Weise zu handeln, und eine Stunde später zurückkehren und gleichermaßen entschlossen sein, genau das Gegenteil zu tun, wobei er sich seltsamerweise dieser Meinungsänderung überhaupt nicht bewußt war.
Neulich war er zu Lambaire gekommen, um einen Schlußstrich zu ziehen und gleichzeitig eine unangenehme Erinnerung aus seinem Leben zu verbannen (was ihm in der Regel nicht schwerfiel). Diesmal kam er als anerkannter Günstling eines großzügigen Herrn.
»Nun also zur Durchführung unseres Projekts«, begann Lambaire, während sie beim Frühstück saßen. »Die Gemeinheit Ihres niederträchtigen Freundes hat mich gestern ganz davon abgebracht.«
»Diese Geschichte tut mir schrecklich leid«, beeilte sich Sutton

zu versichern. »Es sieht Cynthia wieder mal ähnlich, sich mit solchen Gaunern wie diesem Amber einzulassen. Ich versichere Ihnen –«

Lambaire winkte lächelnd ab.

»Sprechen wir nicht mehr davon, mein Junge«, meinte er großmütig. »Sie sind sämtlicher Schuld enthoben – nicht wahr, Whitey?«

Whitey nickte nachdrücklich.

»Ich kenne Amber« – Lambaire tippte an seinen schwarzen Verband –, »das ist Amber.«

»Guter Gott!« hauchte Sutton mit weitaufgerissenen Augen. »Sie glauben doch nicht, daß –«

»O doch«, belehrte ihn Lambaire. »Als ich gestern nacht zum Hotel zurückkehrte, wurde ich von Amber und einem halben Dutzend Schlägern angefallen – nicht wahr, Whitey?«

»So ist es«, bestätigte der Angesprochene.

»Und die Polizei?« wandte Sutton energisch ein. »Dafür können Sie ihn doch einsperren lassen?«

Mit einem schmerzlichen Lächeln schüttelte Lambaire den Kopf.

»Die Polizei ist nichts wert. Sie stecken alle unter derselben Decke – mein Junge, Sie haben keine Ahnung, wie korrupt die Polizei heute ist. Ich könnte Ihnen Dinge erzählen, daß Ihnen die Haare zu Berg stünden.«

Darauf folgte eine längere Ausführung über die Unzulänglichkeit der Ordnungshüter.

»Doch kommen wir zur Sache«, meinte er schließlich und schob seinen Teller zurück. »Haben Sie über meinen Vorschlag nachgedacht?«

»Ich habe mir die Angelegenheit gründlich überlegt«, sagte Sutton. »Ich nehme an, wir schließen am besten einen Vertrag ab, oder was ist in solchen Fällen üblich?«

»Ja, natürlich – gut, daß Sie fragen. Wir haben gerade heute morgen davon gesprochen, nicht wahr, Whitey?«

Whitey bejahte und unterdrückte ein Gähnen.

»Ich fürchte, Ihre Schwester hat ein Vorurteil gegen uns«, fuhr Lambaire fort. »Das ist bedauerlich und betrübt mich ein wenig. Sie ist der Meinung, wir wollten unbedingt den Plan haben, den sie besitzt. Dem ist keineswegs so! Wir wollen den Plan nicht

einmal sehen. Soviel wir wissen, muß der Fluß durch den Nordwesten des Alebilandes führen. Ehrlich gesagt«, meinte Lambaire vertraulich, »glauben wir nicht, daß dieser Plan uns viel nützen würde – stimmt's, Whitey?«
»Nein«, gab Whitey abwesend zur Antwort, »– ich will sagen, ja.«
»Wir haben die Absicht, Sie hinzuschicken und Ihnen Gelegenheit zu geben, die Route zu überprüfen.«
In dieser Art sprachen sie fast eine Stunde lang, diskutierten über Kosten und Ausrüstung, und Francis Sutton fühlte sich bereits in ein anderes Leben, eine andere Welt versetzt.
Noch aber galt es, die Einwände von Cynthia zu widerlegen.
»Das ist nicht sehr schwierig«, erklärte Francis Sutton großspurig, und die beiden andern ließen es dabei bewenden, wohl wissend, daß diese Frau mit ihrem wachen Verstand und gesunden Urteil ein richtiger Felsbrocken und alles andere als nur ein kleines Steinchen war, das sich leicht aus dem Weg räumen ließ.
Als sie sich am späteren Vormittag dem Haus in Warwick Gardens näherten, teilten sie keineswegs die Sicherheit des gesprächigen Jünglings, der sie hinführte.
Francis hatte eben den Knopf der elektrischen Klingel gedrückt, als er sich plötzlich nach den beiden Männern umwandte.
»Wem hat eigentlich die Mine gehört – Ihnen oder meinem Vater?«
Auf die Naivität dieser Frage war Lambaire nicht vorbereitet.
»Ihr Vater hat sie entdeckt«, sagte er unbedacht, und als er innehielt, kam ihm Whitey zu Hilfe.
»Aber wir werten sie aus«, erklärte er in einem Ton, der erkennen ließ, daß damit die Frage des Besitzes geregelt war.

10

Cynthia Sutton war dreiundzwanzig und ausgesprochen hübsch. Ihr Haar war von einem dunklen Kastanienbraun, die Farbe ihrer großen Augen wechselte je nach Beleuchtung zwischen Grau und Blau, die Nase war gerade, die Lippen voll und rot, die glatte Haut ohne Makel. »Sie hat die Figur einer Frau und die Augen eines Kindes«, beschrieb Amber sie weiter, »und sie hat mich zum Tee eingeladen.«

»Aber du bist nicht hingegangen«, lobte Peter. »Du hast eingesehen, daß deine Gegenwart diese unschuldige Blume in Verruf bringen könnte. ›Nein‹, hast du dir gesagt, ›ich bleibe, wo ich bin, den Zauber der Erinnerung im –‹«

»Offen gestanden«, unterbrach ihn Amber, »habe ich ihre Einladung über der dringenden Notwendigkeit, Lambaire aus dem Weg zu gehen, ganz vergessen.«

Sie saßen im Dachstock von Redcow Court Nummer 19, und der Gesang aus den Vogelkäfigen erfüllte das kleine Zimmer mit Wohlklang.

»Leider muß ich gestehen, Peter«, fuhr Amber fort, »daß ich keine so interessanten Selbstgespräche geführt habe, wie deine romantische Seele sie sich vorstellt.«

Er blickte auf die Uhr, es war zehn Uhr vormittags, und anschließend starrte er durch das offene Fenster hinaus und dachte intensiv über etwas nach.

»Ich muß sie sehen«, sagte er mehr zu sich selbst. »Dieser Handel mit dem jungen Sutton...«, suchte er nach Vorwänden, »der Kompaß und die Karte... verborgene Schätze und was noch alles... meinst du nicht auch, Peter?«

Peters Augen strahlten hinter den stahlgefaßten Brillengläsern, und seine Hände zitterten vor Aufregung, als er aufstand und an die verhängten Bücherregale trat.

»Ich habe hier eine Geschichte« – er wühlte eifrig in seinen literarischen Schätzen –, »die bringt dich vielleicht auf eine Idee.«

Liebevoll lächelnd sah ihm Amber zu wie einem Kind, das mit Hingabe spielt.

»Hier.« Peter zerrte aus einem Stapel einen knallbunten Band mit verwegenem Umschlag. »Das ist es.« Sorgfältig wischte er den Staub davon ab. »›Der schwarzäugige Nick oder Der Dukatentraum eines Verzweifelten‹ – klingt gut, nicht?«

Amber nahm dem alten Mann das Buch ab und durchblätterte eilig die Seiten.

»Ausgezeichnet«, lobte er mit Überzeugung. »Leg es zu meinem Pyjama, ich lese mich damit heute abend in den Schlaf«, erklärte

er leicht abwesend, in Gedanken bereits ganz woanders.
Er atmete auf, als ihn Peter verließ, um seine Einkäufe zu machen. Einkaufen war in Peters Dasein ein Hauptvergnügen und begann in der Regel mit einer sorgfältig aufgestellten Liste.
»Für einen Penny Kanarienfutter, ein Viertelpfund Tee, zwei Viertelpfund Zucker, vier Bündel Holz, dem Händler sagen, daß er mir einen halben Zentner Kohlen liefert, Eier, Schinken – hast du den Schinken heute früh nicht gemocht, Amber? –, ein paar Salzheringe, ein Schnitzel – Schnitzel ißt du doch gern? –, ein Pfund neue Kartoffeln; das ist, glaube ich, alles.«
Amber beugte sich zum Fenster hinaus und sah ihn durch den Hof verschwinden, die große Strohtasche in der Hand, den alten Zylinderhut leicht nach hinten gekippt. Er wartete, bis er außer Sicht war, dann ging er in sein Zimmer und begann, sich umzuziehen.
Eine Viertelstunde später befand er sich auf dem Weg nach Warwick Gardens.
Das Dienstmädchen, das auf sein Klingeln öffnete, erklärte, ihre Herrin sei beschäftigt, führte ihn aber dennoch in ein kleines Arbeitszimmer.
»Bringen Sie ihr eine Nachricht«, sagte Amber, schrieb etwas in sein Notizbuch und riß die Seite heraus.
Als sie das gefaltete Papierchen in Empfang nahm, war Cynthia gerade in eine fruchtlose Diskussion mit Lambaire über die geplante Expedition ihres Bruders verwickelt. »Ja«, gab sie dem Mädchen mit einem Nicken zur Antwort und zerknüllte den Zettel in der Hand.
»Ich glaube nicht, daß es einen Sinn hat, dieses Gespräch fortzuführen«, sagte sie. »Es handelt sich nicht darum, ob ich einverstanden bin oder nicht. Wenn mein Bruder bereit ist, ein solches Risiko auf sich zu nehmen, dann geht er, was immer ich von dieser Sache halte.«
»Aber meine liebe junge Dame, da irren Sie sich«, widersprach Lambaire nachdrücklich. »Es geht nicht allein darum. Wichtig ist, daß Sie das Projekt befürworten. Das ist für uns von großer Bedeutung, Miss Cynthia.«
»Miss Sutton«, verbesserte sie ihn.
»Es bedeutet uns mehr, als Sie sich vorstellen können. Ich habe Ihnen meine Lage offen dargelegt. Auf Grund der Darstellungen

Ihres Vaters habe ich eine Gesellschaft gegründet; ich hatte in seine Expedition eine Menge Geld investiert, ihn mit einer der bestausgerüsteten Karawanen nach Afrika geschickt – und jetzt sind die Aktionäre hinter mir her. ›Wo liegt denn diese Mine überhaupt?‹ wollen sie wissen. Mehr noch« – er senkte die Stimme zu einem eindrucksvollen Flüstern –, »es ist sogar die Rede davon, mich zu verklagen, nicht wahr, Whitey?«
»In der Tat«, bestätigte sein fixer Begleiter wahrheitsgemäß.
»Es ist eine Sache von Handeln oder Hängen. Ich muß diese Karte bekommen, aber Sie wollen sie mir nicht geben. Ich kann schließlich nicht gut bei Ihnen einbrechen und sie stehlen.«
Er lächelte, als habe er einen Scherz gemacht, aber sie blickte ihn nachdenklich an.
»Seltsam, daß Sie das sagen«, meinte sie langsam. »Merkwürdigerweise ist tatsächlich zweimal bei uns eingebrochen worden, seit ich mich weigere, diese kleine Karte herauszugeben.«
»Merkwürdig!« wiederholte Lambaire.
»Eigenartig!« echote Whitey nicht minder überrascht.
Cynthia erhob sich.
»Nachdem die Sache nun geregelt ist, was mich betrifft jedenfalls«, erklärte sie, »wollen Sie mich jetzt bitte entschuldigen.«
Sie ging aus dem Zimmer, und Amber, der im Nebenraum wartete, hörte das Rascheln ihrer Röcke und stand auf, um sie zu begrüßen.
Außer daß ein Hauch von Rosa auf ihren Wangen lag, wirkte sie ernst und gefaßt, als sie ihn mit einem knappen Nicken bedachte und ihm bedeutete, sich wieder zu setzen.
»Es ist sehr freundlich von Ihnen, mich zu empfangen, Miss Sutton«, sagte Amber.
Mit einem kleinen Stich der Enttäuschung stellte sie fest, daß er völlig unbefangen war. Es bestand kaum viel Hoffnung für einen Mann, der so tief gesunken war, daß er sich in seiner Schande beinahe sonnte, statt verlegen zu werden in Gegenwart einer Dame, die wußte, wie es um ihn stand.
»Soviel bin ich Ihnen immerhin schuldig«, antwortete sie unbeirrt. »Ich wünschte nur –« Sie hielt inne.
»Ja?« Fragend neigte Amber den Kopf leicht zur Seite. »Sie sagten, Sie wünschten –?«
»Es tut nichts zur Sache«, erklärte sie und fühlte, wie sie

errötete.
»Sie wünschten, Sie könnten etwas für mich tun«, ergänzte er mit einem schiefen Lächeln. »Die Hälfte aller guten Menschen dieser Erde hat schon versucht, mir zu helfen, aber ich bin ein hoffnungsloser Fall. Ich bin unverbesserlich; finden Sie sich damit ab.«
Erleichtert, aber gleichzeitig auch etwas enttäuscht mußte er feststellen, daß sie seine Selbstbeurteilung ohne weiteres akzeptierte.
»Ich bin heute wegen einer Sache gekommen«, fuhr er fort, »die für Sie von großer Wichtigkeit ist. Hätten Sie etwas dagegen, mir ein paar Fragen zu beantworten?«
»Ich habe nichts dagegen«, sagte sie.
»Ihr Vater war doch Forscher, nicht wahr?«
»Ja.«
»Er hat Westafrika sehr gut gekannt?«
»Ja – sehr gut.«
»Er hat dort eine Mine entdeckt – eine Diamantenmine oder so was?«
Sie lächelte.
»Das ist bis heute noch nicht nachgewiesen. Er hat von den Eingeborenen von einem wunderbaren Fluß gehört – ›Fluß der Sterne‹ nannten sie ihn, denn sein Bett bestand aus Steinen, die vom Wasser so abgeschliffen waren, daß sie glitzerten – es waren zweifellos Diamanten, und mein Vater hat von den Leuten dort unten auch einige erworben.«
Amber dachte nach.
»Und dann ist er nach Hause zurückgekehrt und mit Lambaire zusammengetroffen.«
»So ist es«, sagte sie und fragte sich, wo er mit seinen Fragen hinauswollte.
Amber überlegte.
»Der Rest der Geschichte ist mir bekannt. Ich habe versucht, herauszufinden, unter welchen Umständen Ihr Vater gestorben ist. Sie erhielten vom Commissioner des betreffenden Distrikts eine Karte?«
Sie zögerte.
»Ja – warum?«
Er lächelte.

»Ich habe keinen Anschlag auf die Mine vor, ich möchte nur gerne die Karte sehen – und bevor Sie mir diesen Wunsch abschlagen, Miss Sutton, möchte ich Ihnen versichern, daß ich nicht aus bloßer Neugier darum bitte.«
»Ich glaube Ihnen, Mr. Amber«, sagte sie. »Wenn Sie einen Augenblick warten, hole ich sie.«
Zehn Minuten später kehrte sie mit einem großen Umschlag zurück. Sie entnahm ihm ein schmutziges Blatt Papier und reichte es Amber.
Dieser trat damit ans Fenster, wo er das Blatt eingehend studierte.
»Die eingezeichnete Route beginnt an einem Punkt namens Chengli – wo liegt das?«
»Im Wald von Alebi«, belehrte sie ihn. »Bis Chengli ist die Gegend bekannt; von dort an hat mein Vater sie aufgezeichnet, indem er bei Eingeborenen, denen er begegnete, den Weg erfragte – das ist der Plan, den er gezeichnet hat.«
»Ich verstehe.«
Er blickte erneut auf das Papier, dann holte er den Kompaß aus der Tasche, den er in Lambaires Safe gefunden hatte. Er legte ihn neben den Plan auf den Tisch. Hierauf brachte er einen zweiten Kompaß zum Vorschein und legte ihn neben den anderen.
»Sehen Sie einen Unterschied zwischen den beiden Instrumenten, Miss Sutton?« Cynthia verglich sie genau.
»Der eine Kompaß hat eine Nadel, der andere nicht«, erklärte sie.
»Stimmt. Beim zweiten dreht sich die Skala. – Sonst nichts?«
»Einen anderen Unterschied sehe ich nicht«, sagte sie.
»Wo ist Norden auf der Skala?«
Sie zeigte auf den Buchstaben N.
»Und wo liegt hier Norden?«
Verwundert zog sie die Brauen zusammen, denn die feine, bewegliche Magnetnadel zeigte eine Spur mehr nach Westen.
»Was soll das heißen?« fragte sie, und ihre Blicke trafen sich.

Lambaire und sein Gastgeber waren mit ihrer Besprechung zu Ende. Francis Sutton war glänzender Laune, als er seinen Chef in den Flur begleitete.

»Wegen meiner Schwester brauchen Sie sich keine Sorgen zu machen«, sagte er. »Über kurz oder lang denkt sie genauso wie ich – sie ist halt eine Frau«, fügte er unbestimmt hinzu.

»Ich verstehe schon, mein Junge«, sagte Lambaire. »Wir verstehen das beide, nicht wahr, Whitey?«

»Aber sicher«, tönte es zurück.

»Vielleicht wäre sie trotzdem gekränkt, wenn Sie weggingen, ohne sich von ihr zu verabschieden«, schränkte Sutton ein. »Wo ist Ihre Herrin, Susan?« fragte er das Dienstmädchen, das auf sein Klingeln erschienen war.

»Im Arbeitszimmer, Sir.«

»Kommen Sie.« Er ging ihnen zum Arbeitszimmer voran und öffnete die Tür.

»Cynthia –«, begann er.

Sie beugten sich über den Tisch; zwischen ihnen lagen die Karte und zwei Kompasse. Was Sutton sah, sahen auch die beiden andern, und Lambaire stürzte an dem jungen Mann vorbei auf sein Eigentum zu.

»Das ist also Ihr Spiel«, zischte er und zitterte vor Wut; »das ist Ihr kleines, dreckiges Spielchen, Amber!«

Er fühlte, wie sich Whiteys Hand um seinen Arm schloß, und riß sich etwas zusammen.

»Dieser Mensch begnügt sich nicht mit Erpressung«, fuhr er fort, »er begnügt sich auch nicht damit, in mein Büro einzubrechen und wertvolle Unterlagen zu stehlen –«

»Was soll das bedeuten, Cynthia?«

Francis Suttons Stimme klang herrisch, und er war weiß vor Zorn. Einmal mehr kam Amber Cynthia zu Hilfe. »Gestatten Sie?« sagte er.

»Ihnen gestatte ich gar nichts«, wütete Sutton. »Verschwinden Sie aus diesem Haus, bevor ich Sie hinauswerfe. Ich dulde keine Zuchthäusler hier.«

»Das ist Geschmackssache, Sutton«, erklärte Amber ungerührt. »Wenn Sie Lambaire ertragen, können Sie jeden ertragen.«

»Mit Ihnen rechne ich später ab«, sagte Lambaire drohend.

»Kommen wir doch gleich zur Sache«, schlug Amber leutselig vor. »Mr. Sutton, dieser Mann hat Ihren Vater umgebracht, und er wird auch Sie umbringen.«

»Ihre Lügen interessieren mich nicht«, erklärte Francis Sutton.

»Dort ist die Tür.«
»Und was für eine hübsche Tür«, räumte Amber ein. »Aber ich bin nicht gekommen, um Ihre Innenausstattung zu bewundern. Bitten Sie Lambaire, Ihnen den Kompaß zu zeigen, oder jedenfalls einen solchen, wie er ihn Ihrem Vater auf seine Expedition mitgab. Und dann schicken Sie ihn nach Greenwich und erkundigen sich bei den dortigen Astronomen, um wieviel Grad er von der Wirklichkeit abweicht – man wird Ihnen bis auf die Meile genau berechnen, wie weit sich ein Mensch verirren kann, der sich an dieses Instrument gehalten und versucht hat, auf Abkürzungen aus dem Busch zurückzufinden.«
»Hörst du, Francis?«
»Blödsinn!« sagte Sutton verächtlich. »Welchen Grund hätte Mr. Lambaire gehabt? Er hat nicht Tausende von Pfund ausgegeben, um meinen Vater im Busch zu verlieren! Diese Geschichte ist völlig unglaubhaft, denn solange mein Vater nicht zusammen mit dem Plan zurückkehrte, war die Expedition erfolglos.«
»Richtig!« stimmte ihm Lambaire zu und lächelte triumphierend.
Amber lächelte zurück.
»Es ging, wenn ich richtig verstehe, nicht um die Frage, ob er zurückkam«, erklärte er ruhig. »Es ging vielmehr darum, daß nach der Entdeckung der Mine und nach Ihres Vaters Rückkehr samt Karte *und* Kompaß niemand sie lokalisieren oder finden konnte ohne Lambaires Patentinstrument.«
Cynthia sah plötzlich das verwickelte Muster des ganzen Komplotts klar vor Augen.
»Ich verstehe«, flüsterte sie, »ich verstehe«, und dann schrie sie: »Francis, begreifst du denn nicht, was das alles bedeutet?«
»Ich begreife nur, daß du eine dumme Gans bist«, sagte er grob. »Und wenn Sie fertig sind mit Ihren Lügen, können Sie gehen, Amber.«
»Nur noch ein Abschiedswort.« Damit griff Amber nach seinem Hut. »Falls Sie immer noch nicht gemerkt haben, daß Lambaire der größte Gauner ist, der frei herumläuft, kann ich zu Ihrer weiteren Orientierung noch beifügen, daß er ein bekanntes Mitglied der Fünferbande ist; ein Banknoten- und Wertpapierfälscher; außerdem ist er stark an einem spanischen Münzprägungsunternehmen beteiligt – Sie haben nicht erwartet, daß ich

das weiß, hm, Lambie? –, das mit großem Gewinn echte silberne Halbkronenstücke herstellt, dank dem Umstand, daß Silber ein Ladenhüter ist. Ansonsten habe ich nichts gegen ihn vorzubringen.«

»Dort ist die Tür!« wiederholte Sutton.

»Ihr Beitrag zur Konversation ist entschieden monoton«, sagte Amber, verabschiedete sich mit einem Lächeln und einem freundlichen Nicken von der jungen Dame und ging.

11

Alphonse Lambaire war ein vielseitiger Mann. Alles, was Amber über ihn gesagt hatte, stimmte – und noch mehr.

Er war ein Falschmünzer und zusammen mit dem berüchtigten Señor Villitissi und einem nicht minder berüchtigten Freund dieses ehemaligen Senators für die beängstigende Zunahme von Silbergeld verantwortlich, die den Weltmarkt bedrohte.

Obwohl er äußerlich nicht den Eindruck eines Schurken machte, entsprach Lambaire doch ganz und gar einem gängigen Verbrechertyp.

George Whitey hatte weniger Originalität aufzuweisen, dafür verfügte er über mehr Unverschämtheit und Gemeinheit.

Es war denn auch Whitey, der ungefähr eine Woche nach ihrem Besuch bei Sutton verkündete:

»Was Sie brauchen, Lambaire, ist etwas mehr Schneid. Bei der kleinsten Schwierigkeit ziehen Sie den Schwanz ein, statt die Zähne zu zeigen.«

Lambaire brummte etwas. Ihm war nicht nach Psychologie zumute.

Sie waren auf dem Weg nach Warwick Gardens, um ein letztes Mal mit Sutton und seiner Schwester zu verhandeln.

»Nach Ambers ›Enthüllungen‹ hätten Sie die ganze Sache um Haaresbreite vermasselt! Und alles nur wegen einem Ausbrecher wie diesem Amber ... Ihre großen Projekte, wahre Meisterwerke! ... Da kommt so ein Kerl aus dem Knast, ein aufgeblasener Dieb, und schon schielen Sie nach dem Notausgang.«

»Ich fürchtete, Sutton würde mich im Stich lassen.«

»Quatsch!« sagte Whitey ungerührt. »Er kann Sie nicht im Stich lassen, ohne sich selbst im Stich zu lassen. Wissen Sie denn nicht, daß Jungs in seinem Alter alles tun, um zu beweisen, daß sie recht haben?«
»Seine Schwester ist davon jedenfalls nicht sehr überzeugt«, wandte Lambaire ein.
»Und wird es auch nie sein. In ihren Augen sind Sie der leibhaftige Teufel.« Da sich Lambaires Gesicht überraschend verdüsterte, ließ Whitey das Thema klugerweise fallen.
Sie wurden eingelassen und in Suttons Zimmer geführt.
Francis Sutton saß zwischen Katalogen, Karten und Ausrüstungsmaterial, hemdsärmelig, eine Pfeife im Mund und offensichtlich mit sich und der Welt höchst zufrieden.
Er begrüßte seine Besucher mit einem freundlichen Lächeln. »Treten Sie ein und setzen Sie sich, sofern Sie noch irgendwo Platz finden. Ich lasse Cynthia gleich sagen, daß Sie hier sind.« Er lehnte sich zurück und drückte auf einen Klingelknopf neben dem Kamin.
»Wir müssen noch die Sache mit der Karte abklären«, fuhr er fort. »Dieser verdammte Amber hat alles durcheinandergebracht. Sie wissen ja, wie argwöhnisch Frauen sind; das liebe Mädchen verdächtigt euch brave Leute aller möglichen düsteren Machenschaften.«
Er lachte herzlich über den Scherz.
Das Dienstmädchen erschien an der Tür, und er ließ seiner Schwester eine Nachricht übermitteln.
»Ich konnte sie schließlich überreden, mir den Plan zu geben«, fuhr er fort.
Lambaire stieß einen Seufzer der Erleichterung aus, und Whiteys Augen glänzten vor Wonne.
»Sie werden sich wundern, wenn ich sage, daß ich selbst ihn bis jetzt noch kaum gesehen habe«, erklärte er. »Nach all den Aufregungen, die er verursacht hat, will ich hoffen, daß er wenigstens genau ist und uns nicht enttäuscht.«
In diesem Augenblick kam Cynthia Sutton herein.
Sie gönnte Lambaire ein schwaches Nicken, ignorierte indessen den auffallend höflichen Whitey, der sich als einziger von den dreien erhoben hatte.
Lambaire, der ein Auge für weibliche Schönheit besaß und nun

zum ersten Mal Gelegenheit hatte, sie in Ruhe zu betrachten, stellte angenehm überrascht fest, daß sie überdurchschnittlich hübsch war.
Sie stand, die Hände hinter dem Rücken, neben dem Tisch, an dem ihr Bruder saß.
Whitey hatte den Vorzug, von seinem Platz aus erkennen zu können, daß sie in der einen Hand einen großen Umschlag hielt. Er nahm an, daß darin die bewußte Karte steckte.
Es zeigte sich denn auch rasch, daß seine Vermutung richtig war, als sie ohne jede Einleitung zwei Blätter zum Vorschein brachte. Das erste war eine auf dickes Papier gezeichnete, verblaßte und schmutzige kleine Landkarte.
Sie war von der Sonne vergilbt und zeigte Spuren häufigen Gebrauchs. Das zweite – saubere – Blatt legte sie vor ihren Bruder hin.
Neugierig blickte er darauf nieder – dann verwundert zu seiner Schwester empor.
»Ja«, sagte sie wie als Antwort auf seine unausgesprochene Frage, »das ist die Kopie, aber ich habe das Original mitgebracht, damit du vergleichen kannst.« Sie legte die alte Karte daneben. »Es ist eine ganz genaue Kopie.«
»Aber wozu in aller Welt brauchst du eine Kopie?«
Als Antwort steckte sie das Original in den Umschlag zurück. »Die Kopie ist für dich, ich behalte das Original.«
Francis Sutton war zu glücklich, endlich den Plan zu besitzen, um sich groß Gedanken darüber zu machen, ob es nun Original oder Kopie war. Während er ihn studierte, traten die beiden Männer an den Tisch.
»Eine komische Karte – es sieht aus, als wäre mein Vater in einem Halbkreis gegangen. Was ich nicht verstehen kann, ist diese punktierte Linie.« Damit zeigte er auf eine gerade Linie, die die Basis eines stumpfwinkligen Dreiecks bildete, während die beiden andern Seiten durch die Reiseroute gebildet wurde.
»Ich glaube, der Augenblick ist gekommen, um eine Erklärung abzugeben«, begann Lambaire in freundlichstem Ton. Er wandte sich vor allem an Cynthia, deren Blick vom Gesicht ihres Bruders zu Lambaire wechselte.
»Anläßlich meines letzten Besuchs bei Ihnen«, fuhr dieser fort, »ist es zu einer peinlichen Szene gekommen, die absolut nicht

in meiner Absicht lag. Ein Mann, den ich nur als einen – einen –«
»Gefährlichen Hundsfott –«, half Whitey, um sich betreten zu korrigieren: »Äh ... Kerl.«
»Als gefährlichen Kerl bezeichnen kann«, wiederholte Lambaire, »erlaubte sich, völlig wahnwitzige und unbegründete Beschuldigungen gegen mich zu erheben. Dieser Mann, der in sämtlichen Zuchthäusern gesteckt hat –«
»Ich glaube nicht, daß Sie uns Mr. Ambers Karriere im einzelnen beschreiben müssen.«
Cynthias Wangen zeigten einen zartrosa Schimmer, als sie Lambaires Rede unterbrach.
»Wie Sie wünschen.« Er war verärgert. Von Natur aus kein großer Redner, hatte er seine Erklärung extra vorbereitet gehabt.
»Ich möchte lediglich sagen, daß Amber die Wahrheit sagte – nur waren seine –«
»Schlußfolgerungen«, schlug Whitey flüsternd vor.
»Seine Schlußfolgerungen waren völlig verkehrt. Der Kompaß, den Ihr Vater benützt hat, war tatsächlich fehlerhaft.«
Die Augen der jungen Dame wichen nicht von seinem Gesicht.
»Er stimmte nicht«, fuhr Lambaire fort, »aber das habe ich erst gestern bemerkt. Wir hatten vier Kompasse machen lassen, zwei davon nahm Ihr Vater mit, die beiden andern bewahrte ich in meinem Safe auf.«
»Warum?« wollte Cynthia wissen.
»Das ist leicht zu erklären«, antwortete Lambaire eilfertig. »Ich wußte, daß eine weitere Expedition notwendig sein würde, selbst wenn Ihr Vater Erfolg haben sollte, und als Geschäftsmann dachte ich natürlich ökonomisch – man bekommt diese Instrumente billiger –«
»Wenn man gleichzeitig mehrere kauft«, murmelte Whitey.
»In gewissem Sinne«, fuhr Lambaire nachdrücklich fort, »machte meine Vorsichtsmaßnahme nun die Expedition Ihres Bruders möglich. Dank ihrer sind wir in der Lage, den Spuren Ihres Vaters genau zu folgen – denn wir werden mit jenem Kompaß arbeiten, den auch er benützt hat.«
Diese Erklärung schien ihm hinlänglich. Zur Hälfte glaubte er sie sogar selbst, und seine weise Voraussicht verschaffte ihm ein gewisses Gefühl von Zufriedenheit.
Cynthia sagte nichts. Sie war über den Punkt hinaus, da sie es

als ihre Pflicht empfand oder auch nur den Wunsch hatte, sich dem Willen ihres Bruders zu widersetzen. Man durfte füglich behaupten, daß Francis und seine Pläne in den Hintergrund gerückt und neue, aufregende Dinge in ihr Leben getreten waren.

Noch gab sie es vor sich selbst nicht zu. Es war ja auch heller Wahnsinn.

Ein Sträfling – den dazu nicht einmal die Romantik des großen Sünders umgab ... ein gemeiner Dieb, trotz seiner geschliffenen Rede und dem heiteren Blick seiner ehrlichen Augen ...

Ihr Bruder mochte hingehen und den Fluß der Sterne suchen. Sie war reich genug mit irdischen Gütern gesegnet, um sich nicht groß darum zu kümmern, ob er ihn fand oder nicht. Natürlich hätte sie das Urteil ihres Vaters gerne bestätigt gewußt, aber auch das war kein dringender Wunsch.

Ihr Vater war für sie so etwas wie ein Schatten gewesen, der zu seiner Familie wenig oder keine Beziehung hatte. War er zufällig einmal zu Hause, so hatte er die Kinder als »Lärm« empfunden, der dauernd »abgestellt« werden mußte.

Ihre ganze Zuneigung hatte sich auf ihren Bruder konzentriert, und ihr Kampf ums Dasein hatte einzig seinem Wohlbefinden gegolten, bis jene glückliche Erbschaft sie schließlich der Notwendigkeit dieses Kampfes enthoben hatte. Seinen Torheiten gegenüber war sie willentlich blind gewesen, gleichzeitig jedoch äußerst bemüht, sie nicht zu Lastern ausarten zu lassen ...

Sie erinnerte sich, daß sie den Tränen nahe war, als sie Amber zum erstenmal traf, und lächelte fast bei dem Gedanken daran.

Francis würde nach Afrika gehen und lebend wieder zurückkommen, daran zweifelte sie nicht im geringsten. Der leise Schmerz in ihrem Herzen hatte eine ganz andere Ursache als die Sorge um die Sicherheit ihres Bruders.

Das alles ging ihr durch den Kopf, während sie am Tisch stand und sich den Anschein gab, einem Gespräch zuzuhören, das von allgemeinen Dingen handelte.

Bis Lambaires Antwort auf eine Frage ihres Bruders sie aufhorchen ließ.

»Ich weiß nicht, weshalb er sich eingemischt hat«, sagte er. »Als er in jener Nacht in den ›Whistler‹-Club kam –« Ein warnendes Husten von Whitey brachte ihn auf einen anderen Kurs. »Na ja«, meinte er gutmütig, »es ist nicht unsere Sache, diesen armen Kerl zu verdammen. Man kann nie wissen, welchen Versuchungen ein Mensch ausgesetzt ist; vielleicht dachte er, auf diesem Weg leicht zu Geld zu kommen.« Ein zweites Husten von Whitey, und er zog seine Uhr hervor. »Ich muß leider gehen. Ich habe mich an der Paddington Station mit jemandem verabredet. Möchten Sie nicht mitkommen? Ich würde gerne noch ein, zwei Dinge mit Ihnen besprechen.«

Francis Sutton nahm die Einladung freundlich an.

Was Cynthia zu dem folgenden Schritt bewog, ist schwer zu sagen. Mag sein, daß es weibliche Neugier war, vielleicht auch der mutwillige Wunsch, ein ungestörtes Gespräch zu verhindern. Möglicherweise gäbe es aber auch noch eine andere Erklärung, denn als ihr Bruder das Zimmer verließ, um seine Jacke zu holen, wandte sie sich an Lambaire mit der Frage:

»Was wissen Sie eigentlich über Mr. Amber?«

Lambaire lächelte und warf Whitey einen bedeutungsvollen Blick zu.

»Nicht viel Gutes.«

»Es interessiert mich auch nicht besonders«, fuhr sie fort, »aber hätten Sie etwas dagegen, wenn ich Sie ein Stück begleiten würde – es ist ein so schöner Nachmittag.«

»Ich wäre darüber sogar äußerst erfreut«, bekannte Lambaire beglückt. »Ich bin sicher, wenn ich erst einmal Ihr Vertrauen gewonnen habe – habe ich das nicht heute früh gesagt, Whitey?«

»Jawohl«, ertönte es wunschgemäß.

»Ich sagte, wenn doch Miss Cynthia –«

»Miss Sutton«, korrigierte sie ihn.

»Entschuldigen Sie, Miss Sutton, wenn Sie meinen Standpunkt doch nur verstehen könnten ...«

»Das möchte ich Ihnen nicht versprechen«, sagte sie mit einem Lächeln, als ihr Bruder zurückkam.

Francis war leicht verärgert, daß sie mit seinem Chef vor ihm herging, ein Gefühl, das Lambaire keineswegs teilte: Er kam sich vor wie im Himmel.

»Also, dieser Amber ist ein erbärmliches Subjekt, ein ganz gewöhnlicher Gauner. Ohne jede Klasse.«

Enttäuschung beschlich sie, als sie dieses Echo ihrer eigenen

Gedanken hörte. Es war völlig absurd, daß sie über die Mittelmäßigkeit von Ambers Gaunereien betrübt war, aber sie war es nun mal.
»Glauben Sie, daß ein Mann wie Mr. Amber durch einen guten Einfluß –«
»Nein, Madam, überhaupt nicht«, erklärte Lambaire entschieden. »Solche Leute kann nur das Zuchthaus bessern. Ein Freund von mir, der Direktor der Strafanstalt Clemstead ist, hat mir erzählt, daß Amber einer der Hartgesottensten war, die er jemals gehabt hat – für solche Leute besteht keine Hoffnung.«
Cynthia seufzte. Halb unbewußt wunderte sie sich, wie jemand wie Lambaire mit einem Gefängnisdirektor befreundet sein konnte.
»Eine üble Gesellschaft«, erklärte Lambaire abschließend, als sie in den Bahnhof einbogen.
Cynthia nahm ihren Bruder beiseite, während sich die beiden andern nach Zügen erkundigten.
»Ich gehe jetzt wieder zurück – du bist von dieser Expedition vermutlich doch nicht mehr abzubringen.«
»Natürlich nicht«, antwortete er gereizt. »Nun fang um Himmels willen damit nicht wieder von vorne an.«
Sie zuckte die Schultern und wollte noch eine Bemerkung machen, als Lambaire triumphierend auf sie zugeeilt kam.
»Sehen Sie sich das an«, rief er und winkte.
Neugierig, was diesen trägen Mann in solche Bewegung versetzen konnte, folgte sie ihm mit ihrem Bruder nach.
Sie bogen um eine Ecke des Bahnhofsgebäudes, wo sie wie erstarrt stehenblieb und bis in die Lippen erblaßte.
Unter der Aufsicht von zwei bewaffneten Wärtern stand dort ein Dutzend Männer in Sträflingskleidern. Ihre Handgelenke waren gefesselt und die Handschellen untereinander durch Ketten verbunden.
Deutlich sichtbar in der vordersten Reihe stand Amber, fröhlich und munter und offenbar völlig unberührt von dieser beschämenden Situation.
Dann erblickte er Cynthia, senkte die Augen, und ein dunkles Rot stieg in sein gebräuntes Gesicht.
»Das werde ich dir heimzahlen, Lambaire«, flüsterte er.

»634, zum Direktor!«
»Welche Überraschung«, meinte Amber ironisch.
»Keine Bemerkungen«, wies ihn der Mann zurecht. »Sie haben in diesem Monat schon genug Minuspunkte.«
Amber sagte nichts. Er trat aus der Zelle und ging dem Wärter voran die steile Stahltreppe hinunter, die ins Erdgeschoß der Gefängnishalle führte.
Direktor Cardeen saß hinter seinem Schreibtisch und begrüßte ihn unwirsch.
»634, es sind schon wieder Beschwerden eingegangen über Ihr impertinentes Benehmen gegenüber den Gefängnisangestellten.«
Amber gab keine Antwort.
»Weil Sie die halbe Zeit Ihres Lebens im Zuchthaus verbringen, bilden Sie sich wahrscheinlich ein, Sie dürften sich mehr herausnehmen als andere?«
Amber gab immer noch keine Antwort.
»Ich habe schon ganz andere Männer gezähmt«, fuhr der Direktor fort, »und ich bin sicher, daß ich auch Sie noch bändigen werde.«
Amber sah ihn nachdenklich an.
»Auch ich bin so etwas wie ein Bändiger, Sir.«
Das Gesicht des Direktors lief knallrot an, denn der Ton des Gefangenen war von unüberhörbarer Dreistheit.
»Sie Dreckskerl«, begann er, aber Amber fiel ihm ins Wort.
»Ich habe das Gefängnisleben satt«, erklärte er unumwunden, »und wenn Sie nicht wissen sollten, was ich meine: Ich habe genug von diesem Zuchthaus, das die reinste Hölle ist.«
»Führen Sie ihn in die Zelle zurück«, brüllte der Direktor, der hochgeschnellt und vor Wut außer sich war. »Ich werde Sie lehren, mein Lieber – ich lasse Sie noch auspeitschen, bevor ich mit Ihnen fertig bin.«
Zwei Wärter stießen Amber mit Gummiknüppeln zur Tür hinaus. Sie warfen ihn mehr hinein, als daß sie ihn in seine Zelle führten. Eine Viertelstunde später drehte sich der Schlüssel im Schloß, und zwei andere Wärter traten ein, wobei der erste mit einem Paar glänzender Handschellen schlenkerte.

Amber war darauf vorbereitet gewesen. Gehorsam drehte er sich um, als sie die beiden Stahlringe um seine Gelenke zuschnappen ließen und ihm die Hände auf den Rücken fesselten. Das war eine von Direktor Cardeens Lieblingsstrafen.
Dann knallte die Tür wieder zu, und Amber blieb mit seinen Gedanken allein. Es waren trotz seiner freundlichen Veranlagung äußerst unfreundliche Gedanken.
»Dem werde ich's schon noch beibringen«, verkündete der Direktor dem Oberwärter. »Ich weiß Bescheid über ihn. Vor einiger Zeit bekam ich einen Brief von einem Club-Kollegen aus dem ›Whistler‹ – das ist einer meiner Clubs, Mr. Rice –, in dem er mir Ambers Geschichte erzählte.«
»Wenn jemand mit ihm fertig werden kann, dann sind Sie es, Sir«, erklärte der Speichellecker vom Dienst.
»Das glaube ich auch«, pflichtete ihm der Direktor selbstzufrieden bei.
Ein Wärter unterbrach jeden weiteren Meinungsaustausch und händigte dem Oberwärter mit militärischem Gruß einen Brief aus, und dieser reichte ihn nach einem Blick auf die Anschrift an seinen Vorgesetzten weiter.
Der letztere steckte den Finger in den Umschlag und riß ihn auf. Das blaue Amtspapier, das er enthielt, mußte schwer zu verstehen sein, jedenfalls las er es dreimal.
»Die Überbringerin dieses Briefes, Miss Cynthia Sutton, hat die Erlaubnis, Nummer 634, John Amber, zu sprechen. Das Gespräch ist privat und wird nicht im Beisein eines Wärters geführt.«
Darunter prangte die säuberliche Unterschrift des Innenministers sowie der Stempel seines Ministeriums.
Verwundert blickte der Direktor hoch und streckte das Schreiben dem Oberwärter hin.
»Was, zum Teufel, soll das heißen?«
Der Oberwärter las es und warf den Kopf zurück.
»Das ist gegen das Reglement –«
»Erzählen Sie keinen Quatsch«, unterbrach ihn der Direktor ungeduldig. »Das ist ein Befehl des Innenministeriums: Daran kommen wir nicht vorbei. Ist jemand mit ihr gekommen?« wandte er sich an den wartenden Wärter.
»Ja, Sir, ein Herr von Scotland Yard – ich habe Ihnen seine Karte

gegeben.«
Die Karte war auf den Boden gefallen, und der Direktor hob sie auf.
»Chefinspektor Fell«, las er. »Führen Sie zuerst ihn herein.«
Ein paar Sekunden später trat Fell ins Büro und begrüßte den Direktor mit einem freundlichen Lächeln.
»Vielleicht können Sie uns erklären, was das zu bedeuten hat«, sagte der Direktor und hielt das blaue Papier in die Höhe.
»Ich erkläre nie etwas«, entgegnete Fell. »Die Maßnahmen seiner Vorgesetzten erklären zu wollen ist reine Energieverschwendung – ich habe selbst auch einen Befehl erhalten.«
»Den Gefangenen zu besuchen?«
»Ja, Sir.«
Er kramte in einer Innentasche seiner Jacke und förderte einen amtlichen Umschlag zutage.
»Ich habe mit der jungen Dame gesprochen, und sie hat nichts dagegen, daß ich als erster zu Mr. Amber gehe.«
Etwas an diesem »Mr.« ärgerte den Direktor.
»Ich kann manches verstehen«, sagte er gereizt, »aber es übersteigt mein Verständnis, wie Sie dazu kommen, einen Sträfling als ›Mr. Amber‹ zu bezeichnen – ein Mann, der im Umgang mit Kriminellen so viel Erfahrung hat wie Sie, Chefinspektor.«
»Gewohnheit, Sir, reine Gewohnheit«, erklärte Fell gelassen, »ein bloßer Lapsus.«
Der Direktor las den zweiten Auftrag, der ähnlich lautete wie jener, den er bereits zur Kenntnis genommen hatte.
»Am besten, Sie gehen vorher zu ihm«, machte er dem Oberwärter ein Zeichen. »Der Kerl war unverschämt frech und muß gerade eine kleine Strafe absitzen.«
»Aah – so«, zögerte der Chefinspektor. »Entschuldigen Sie meine Frage, aber ist das hier nicht das Gefängnis, wo dieser Gallers gestorben ist?«
»Richtig«, bestätigte der Direktor kühl. »Er hatte einen Schlaganfall oder so was.«
»In Zusammenhang mit einer Bestrafung«, ergänzte Fell nachdenklich, als versuche er, sich die Umstände in Erinnerung zu rufen.
»Ein paar Besserwisser haben es so ausgelegt«, giftete der Direktor.

Er nahm seinen Hut vom Haken und setzte ihn auf.
»Es hieß, er sei in gleicher Weise bestraft worden wie jetzt dieser Amber – dann sei er krank geworden und nicht in der Lage gewesen, die Klingel zu erreichen – aber das war alles erlogen.«
»Natürlich«, bestätigte Fell höflich.
Der Direktor ging ihm durch die blitzsauberen Gänge voran und die Stahltreppe hinauf zur Galerie, an der sich Ambers Zelle befand. Er drehte den Schlüssel und trat ein. Der Chefinspektor folgte ihm.
Amber saß auf einem hölzernen Hocker, als die Tür aufging. Er machte keine Anstalten, sich zu erheben. Erst als er Fell erblickte, stand er mühsam auf.
»Nun, Mr. Fell, wenn Sie diesem Mann etwas zu sagen haben, dann sagen Sie es jetzt«, forderte der Direktor ihn auf.
»Ich glaube«, begann Fell langsam und höflich, aber entschieden, »ich darf unter vier Augen mit ihm sprechen, nicht wahr?«
Der Direktor erstarrte.
»Wenn Ihnen das lieber ist, natürlich«, sagte er unwillig und wollte hinausgehen.
»Entschuldigen Sie.« Fell legte ihm die Hand auf den Arm. »Es wäre mir angenehmer, man würde diesem Mann die Handschellen abnehmen.«
»Sie kümmern sich um Ihre Arbeit, Chefinspektor, um meine kümmere ich mich selbst, wenn Sie gestatten«, erklärte der Direktor. »Nach dem Gesetz habe ich das Recht, Strafen zu erteilen.«
»Sehr gut, Sir«, erwiderte Fell. Er wartete, bis die Tür ins Schloß gefallen war, dann wandte er sich an Amber,
»Mr. Amber«, begann er, »das Innenministerium schickt mich mit einem seltsamen Auftrag zu Ihnen. Wenn ich richtig verstehe, haben Sie die Zuchthäuser satt?«
»Mr. Fell«, antwortete Amber mißmutig, »ich habe das Leben im Gefängnis nie so langweilig gefunden wie jetzt.«
Fell lächelte und brachte ein amtliches Papier zum Vorschein, das eine Reihe von Eintragungen enthielt. Er fuchtelte damit vor den Augen des Gefangenen herum.
»Eine Liste Ihrer Verurteilungen, bester Amber«, meinte er spöttisch. Amber schwieg.
»Soweit ich feststellen kann, haben Sie nie vor einem Richter

oder einem Gericht gestanden.« Er blickte hoch, aber der Mann vor ihm schwieg immer noch, sein Gesicht war ausdruckslos.
»Und doch«, fuhr der Chefinspektor fort, »sind Sie meines Wissens ganze siebzehnmal zu Haftstrafen verurteilt worden. Jedes einzelne Urteil ist von einem Richter unterschrieben und vom Innenministerium gegengezeichnet worden.«
Er wartete, aber Amber gab keinen Kommentar dazu ab.
»1901 wurden Sie in die Strafanstalt Chengford eingeliefert. Das Urteil war in Devizes ausgestellt worden. Ich kann aber nirgends eine Eintragung finden, daß Sie in Devizes vor irgendeinem Gericht gestanden hätten.«
Amber sagte weiterhin nichts, und der Chefinspektor fuhr bewußt langsam fort.
»Während Sie in Chengford Ihre Strafe verbüßten, kursierten diverse Geschichten über die Zustände dort. Es kam sogar zu einer Meuterei unter den Gefangenen und, wie es hieß, zu Grausamkeiten gegen Wärter und Direktor.«
»Ich kann mich an so etwas erinnern«, bemerkte Amber gleichgültig.
»Sie sind dort am 10. Mai eingeliefert worden. Am 1. August hat man sie auf Antrag des Innenministeriums entlassen. Am 3. August sind der Direktor, sein Stellvertreter und der Oberwärter ihres Amtes enthoben und später vom Gefängnisdienst suspendiert worden.«
Er blickte erneut auf Amber.
»Sie überraschen mich«, sagte dieser.
»Obwohl im August gerade erst entlassen und auf freiem Fuß, kamen Sie am 9. September in der Strafanstalt Preston bereits wieder hinter Schloß und Riegel. Es hat, glaube ich, auch in Preston einige Schwierigkeiten gegeben?«
»Das will ich meinen«, sagte Amber ernst.
»Sie waren sechs Monate lang in Preston, auf Befehl des Innenministeriums ›zwecks Verbüßung der restlichen Strafzeit‹«, fuhr der Detektiv fort. »Nach Ihrer Entlassung wurden drei Wärter vom Dienst suspendiert, weil sie den Gefangenen Botschaften übermittelt hatten.«
Sein Finger glitt die Zeilen hinunter. »Sie waren für diese Etablissements nicht gerade ein Maskottchen, Mr. Amber«, stellte Fell ironisch fest. »Sie ließen eine ganze Reihe Unglückli-

cher zurück – aber anscheinend hat nie jemand daran gedacht, die entstandenen Lücken mit Ihrem Aufenthalt in Verbindung zu bringen.«
Allmählich dämmerte ein Lächeln auf Ambers Gesicht.
»Und ist der Herr Chefinspektor extra den ganzen Weg von London heruntergekommen, um mir diese bestürzenden und mysteriösen Eröffnungen zu machen?«
Josiah Fells Ton veränderte sich.
»Nicht ganz, Mr. Amber«, sagte er, und in seiner Stimme lag wieder jene Achtung, die den Direktor so maßlos geärgert hatte. »Der Grund ist der, daß Sie ausgeliehen wurden.«
»Ausgeliehen?« Ambers Brauen schnellten in die Höhe.
»Sie sind ausgeliehen worden«, bestätigte der Detektiv. »Das Innenministerium hat Sie dem Kolonialministerium geliehen, und ich bin gekommen, um Ihnen Ihre Versetzung mitzuteilen.«
»Ich möchte im Augenblick aber nicht aus England fort«, begann er.
»O doch, Sie möchten, Mr. Amber. Es gibt da irgendwo auf der Welt einen Fluß mit Sternen, und ein Schiff mit Schurken befindet sich bereits auf dem Weg dahin.«
»Dann sind sie also abgefahren?« Amber bemühte sich nicht, seine Enttäuschung zu verbergen.
»Ich hatte gehofft, rechtzeitig wieder draußen zu sein, um sie davon abzuhalten, aber diese Gaunerei hat nichts mit dem Kolonialministerium zu tun.«
»Nicht?«
Fell ging zur Wand, wo sich die Glocke der Zelle befand, und zog daran.
»Der nächste Besucher kann Ihnen das besser erklären«, sagte er und verschwand, während Amber sämtliche Ministerien und insbesondere das Innenministerium verfluchte.
Zehn Minuten später ging die Zellentür abermals auf.
Auf diesen Besuch war Amber nicht vorbereitet, und während er unbeholfen auf die Füße sprang, wurde er abwechselnd rot und weiß.
Die junge Dame, die eintrat, war blaß. Sie sprach nicht eher, als bis sich die Tür hinter ihr wieder geschlossen hatte. Das gab Amber Zeit, sich ein wenig zu fassen.

»Ich fürchte, ich kann Sie nicht gebührend empfangen«, erklärte er. »Meine Bewegungsfreiheit ist im Augenblick etwas eingeschränkt.«
Sie dachte, er spräche von seinem Aufenthalt im Gefängnis, und die Höflichkeit seiner Rede, die so gar nicht in diese trostlose Umgebung paßte, entlockte ihr ein Lächeln.
»Sie sind vermutlich überrascht, mich zu sehen, Mr. Amber«, sagte sie. »In meiner Verzweiflung wandte ich mich ans Innenministerium und ersuchte um Erlaubnis, mit Ihnen zu sprechen. Außer Ihnen weiß in der ganzen Welt niemand etwas von dieser Expedition und den Männern, die sie unternehmen.«
»War es schwierig, diese Erlaubnis zu erhalten?« Das komische Zwinkern von Ambers Augen entging ihr.
»Nein – überhaupt nicht«, sagte sie. »Es hat wunderbar geklappt.«
»Ein solches Wunder ist das nun auch wieder nicht«, belehrte sie Amber. »Schließlich bin ich seit langem ein regelmäßiger Kunde – das verpflichtet.«
Traurig sah sie ihn an.
»Bitte – Sie dürfen nicht so sprechen«, sagte sie mit leiser Stimme. »Sie tun mir weh; ich hoffe immer noch, daß man Ihnen – helfen kann, und wenn sie so leichthin und gleichgültig von Ihren Schwierigkeiten sprechen, so schmerzt mich das.«
Er senkte den Blick, und das war ein Grund für sie, es ihm gleichzutun.
»Es tut mir leid, wenn Sie sich meinetwegen Sorgen gemacht haben«, sagte er schließlich. »Und ich kann Ihnen versichern, daß dazu gar kein Grund besteht. Nicht daß ich es nicht wert wäre, daß man sich um mich sorgt« – das war wieder der alte Amber –, »aber Sie sind mit der Situation zu wenig vertraut. Doch sagen Sie mir jetzt, bitte, weshalb Sie mich sprechen wollten. Dort ist ein Hocker – nicht besonders bequem, aber etwas Besseres kann ich Ihnen nicht anbieten.«
Sie verzichtete lächelnd und begann zu erzählen.
Ihr Bruder war abgereist und mit ihm Lambaire und Whitey. Die Kopie der Karte hatten sie mitgenommen.
»Nicht daß ich mir um diese Expedition große Sorgen gemacht hätte«, erklärte sie, »denn ich dachte, die Karte meines Vaters sei zuverlässig genug, um sie zu diesem sagenhaften Fluß zu

führen. Die Beamten des Kolonialministeriums, mit denen mein Bruder gesprochen hatte, waren auch dieser Meinung.«
»Wozu hat er mit ihnen gesprochen?« fragte Amber.
»Man braucht eine Genehmigung, um auf britischem Territorium Diamanten zu schürfen – es ist Kronbesitz, wissen Sie. Nachdem mein Bruder in Afrika angekommen war und mir ein Telegramm geschickt hatte, wurde ich vom Kolonialministerium dringend gebeten, mit meiner Karte in die Downing Street zu kommen. Ich ging hin, und dort hat man sie genau geprüft, die Entfernungen gemessen und mit anderen Karten verglichen.«
»Und?«
Sie zuckte die Achseln. »Die Expedition ist zwecklos: Entweder liegt dieser Diamantenfluß auf portugiesischem Gebiet, oder er existiert überhaupt nicht.«
»Liegt er denn nicht auf britischem Territorium?«
»Nein, er befindet sich deutlich auf portugiesischem Gebiet.«
Amber stand vor einem Rätsel.
»Und was kann ich tun?«
»Warten Sie, das ist noch nicht alles«, fuhr sie fort. »Wenn die Karte meines Vaters stimmt, dann ist dieser Diamantenfluß ein Märchen. Die Beamten haben den von Vater eingezeichneten Punkt genau lokalisiert, und es gibt dort weder Wald noch Wasser, nur eine große, trockene Hochebene.«
»Haben Sie ihnen von diesem Kompaß erzählt?«
»Ja. Ich habe mir den Unterschied genau gemerkt, und nach meinen Angaben wurden nachher im Kolonialministerium die Berechnungen angestellt. Sie schickten meinem Bruder ein Telegramm, aber er hatte mit den beiden Männern die Küste bereits verlassen und war telegrafisch nicht erreichbar.«
»Haben Sie die Karte mitgebracht?«
Sie holte das abgegriffene und fleckige Papier aus der Handtasche und reichte es ihm. Da er die Hände noch immer auf dem Rücken behielt, begriff sie plötzlich und errötete.
»Würden Sie die Karte bitte öffnen, damit ich sehen kann.«
Er studierte den Plan eingehend, dann fragte er: »Wer hat übrigens dem Kolonialministerium mitgeteilt, daß ich über diese Geschichte Bescheid weiß – das müssen Sie gewesen sein.«

Sie nickte.
»Ich wußte mir nicht anders zu helfen – ich habe schon meinen Vater in jenem Land verloren – nun beginne ich mich auch ernsthaft um meinen Bruder zu sorgen – ich habe niemanden, den ich um Rat fragen kann.«
Sie hielt inne aus Angst, dieser Dieb mit seinem geschorenen Kopf und seinen gefesselten Händen könnte merken, wieviel Platz er in ihren Gedanken einnahm.
»Etwas stimmt an der ganzen Sache nicht: Mein Vater war ein gewissenhafter und gründlicher Mensch und kann unmöglich einen solchen Fehler gemacht haben. Wir waren immer überzeugt, daß dieser Fluß auf britischem Territorium liegt.«
»Vielleicht sind die Grenzen geändert worden?« gab Amber zu bedenken.
»Nein. Diese Frage habe ich auch gestellt: Sie sind seit längerer Zeit festgelegt und seither nicht verändert worden.«
Amber schaute erneut auf die Karte und dann auf Cynthia.
»Ich komme morgen bei Ihnen vorbei.«
»Aber –« Verwundert sah sie ihn an.
»Sofern ich Urlaub bekomme.«
Ein Schlüssel drehte sich im Schloß, und dann ging die schwere Tür langsam auf. Draußen standen der Direktor mit finsterem Gesicht, der Oberwärter und Fell.
»Die Zeit ist abgelaufen«, verkündete der Direktor barsch.
Amber warf Fell einen Blick zu. Dann befahl er dem Gefängnisdirektor:
»Nehmen Sie mir die Handschellen ab, Cardeen.«
»Was –!«
»Geben Sie ihm den Befehl, Fell«, sagte Amber.
Gehorsam streckte der Chefinspektor dem verblüfften Direktor ein Papier hin.
»Sie sind Ihres Amtes enthoben«, erklärte Amber. »Über Ihre Führung dieser Anstalt findet eine Untersuchung statt. Ich bin Captain Ambrose Grey, Gefängnisinspektor Seiner Majestät.«
Die Hände des Oberwärters zitterten wie Espenlaub, als er den Schlüssel drehte, der das Scharnier der Handschellen öffnete.

13

Es war ein trüber Tag im Dezember, als Amber nach Southampton fuhr. Grauer Nebel hing traurig vom Himmel, und das Meer verhieß trostlose Monotonie.

Er hatte nicht erwartet, Cynthia in Waterloo noch einmal zu sehen, nachdem er sich bereits am Abend vorher von ihr verabschiedet hatte. Sie war so aufreizend ruhig und gefaßt gewesen und in ihrem ganzen Benehmen so sachlich, daß er die Worte, die er vorher auswendig gelernt hatte, nicht über die Lippen brachte.

Er war gerade eifrig damit beschäftigt, ihr einen Brief zu schreiben, der noch auf die Post sollte, ehe das Schiff auslief, als sie zum Zug kam.

Es war eine etwas seltsame Begegnung, denn Amber lobte den schönen Tag, während am Wagenfenster das Regenwasser herunterlief, und bedankte sich mit höflichen Floskeln für ihr Kommen.

Sehr geistreich oder intelligent war es jedenfalls nicht, was er sagte – das merkte er an ihrem Lächeln –, aber was soll ein Mann schon sagen, wenn sich das, was er denkt, nicht in Worten ausdrücken läßt und er sich bemüht, höflich Konversation zu machen?

Viel zu früh, wie ihm schien, pfiff der Beamte zur Abfahrt. »Oh, zum Henker!« Amber sprang auf. »Es tut mir leid – ich wollte sagen – zum Kuckuck noch mal!«

Sie lächelte erneut.

»Sie haben noch Zeit genug«, erklärte sie ruhig. »Ich fahre mit nach Southampton.«

Überglücklich und dankbar sank er in die Polster zurück, während der Zug anfuhr. Was er gerne gesagt hätte, ist leicht zu erraten, und die Gelegenheit war günstig. Dennoch lobte er nochmals den schönen Tag. Anschließend erzählte er eine halbe Stunde lang, wie ihm der Hutmacher einen zwei Nummern zu großen Tropenhelm geschickt hatte, und schilderte anschaulich, wie er darin ausgesehen hatte.

Sie war höflich interessiert...

Viel zu bald schon ratterte der Zug über die Weichen von Eastleigh und verlangsamte die Fahrt auf Southampton zu. Ein

feiner, kalter Nieselregen verschleierte den Blick durch das Abteilfenster, während der Zug sich den Hafenanlagen näherte. Amber stieß einen langen Seufzer aus. Als er das belustigte Glitzern in Cynthias Augen sah, lächelte er.
»Ein widerliches Wetter«, sagte er traurig.
Sie ließen das Gepäck in einer großen, schuppenartigen Halle neben dem Kai und eilten durch den Regen auf die Gangway zu.
»Wir suchen uns einen trockenen Ort«, erklärte Amber, »und Sie machen es sich bequem, während ich ein paar Worte mit dem Steward spreche.« Er ließ sie im großen Salon zurück und machte sich auf die Suche nach seiner Kabine.
Aber er hatte andere Dinge im Kopf – wichtigere Dinge, solche, die sein Leben betrafen, seine Zukunft, sein Glück. Wenn er bloß einen Anfang fände – eine Einleitung. Wenn sie ihm doch nur Gelegenheit gäbe, all das zu sagen, was er auf dem Herzen hatte.
Während seine Gedanken um diese brennenden Probleme kreisten, stürmte er zweimal an seiner Kabine vorbei, verfehlte den Steward und landete schließlich in der zweiten Klasse, von wo er wieder in den Salon zurückeilte. Aber dieser war leer, und eine wilde Panik erfaßte ihn. Sie war es müde geworden zu warten – es fuhr ein früherer Zug zurück, und sie war bereits abgereist.
Er rannte hinaus aufs Deck, raste ungezählte Kajütentreppen hinauf und hinunter, spurtete zur Verwunderung eines behäbigen Quartiermeisters über das große Promenadendeck, flog mit zwei Schritten die Gangway hinab auf den regennassen Kai und rannte ebenso schnell wieder auf das Schiff zurück.
Was für ein hoffnungsloser Esel war er doch! Was für ein Mondkalb! Ein Bild der Verzweiflung, kam er erneut in den Salon, wo er sie endlich fand, ruhig und trocken – was man von ihm nicht behaupten konnte.
»Ach, Sie sind ja ganz durchnäßt«, begrüßte sie ihn. Amber lächelte dümmlich.
»Ja, ich hatte einen Koffer verloren, unten auf dem Kai – es ist nur ein bißchen Regen – ich möchte Ihnen etwas sagen –« Er war atemlos, aber entschlossen, als er neben ihr Platz nahm.
»Sie gehen jetzt zuerst in Ihre Kabine und ziehen etwas Trockenes an«, befahl sie.

»Machen Sie sich deshalb keine Sorgen – ich –«
»Sie müssen sich umziehen«, beharrte sie, »sonst kriegen Sie alles mögliche, und außerdem sehen Sie komisch aus.«
Das gab den Ausschlag. Ein Mann mag Gefahren trotzen und Wünsche unterdrücken, aber Lächerlichkeit ist ein Feind, vor dem er die Flucht ergreift.
Es folgte eine aufregende und stürmische halbe Stunde, während welcher er sämtliche Koffer durchwühlte. Was er zum Umziehen brauchte, lag immer ausgerechnet zuunterst, und als er mit vor Aufregung zitternden Fingern den letzten Knopf zumachte und die Tür hinter einer chaotischen Unordnung schloß, war er verschwitzt und zerzaust – und kostbare dreißig Minuten waren verschwendet.
Während er wieder auf den Salon zusteuerte, wurde eben die Post an Bord gebracht. Das bedeutete, daß nach weiteren dreißig Minuten die Schiffsglocke läuten und alle Begleitpersonen, die nicht mitfuhren, auffordern würde, an Land zurückzugehen, womit die günstige Gelegenheit, die ihm das Schicksal zugespielt hatte, verpaßt war.
Cynthia schien hauptsächlich zu interessieren, ob er ihren Bruder erreichen würde – eine verständliche Sorge, die ihn aber im Augenblick wenig kümmerte. Dennoch bemühte er sich zuzuhören und gab auch mehr oder weniger vernünftige Antworten.
Still litt er vor sich hin, während die Minuten verstrichen, und als die Schiffsglocke das gefürchtete Zeichen gab, entfuhr ihm so etwas wie ein Stöhnen.
»Ich fürchte, wir müssen uns trennen«, sagte er beklommen und erhob sich. »Dabei wollte ich Ihnen noch etwas sagen.«
Sie fuhr in die Höhe, leicht beunruhigt, wie ihm schien – auf jeden Fall verwirrt, nach ihrem Erröten zu schließen.
»Ich wollte Ihnen sagen – Sie fragen – ich bin nicht das, was man einen Beau nennt, und Sie halten mich wahrscheinlich –« Er hatte sich zu viele Einleitungen ausgedacht und versuchte es nun mit allen gleichzeitig.
»Vielleicht sagen Sie es mir später«, schlug sie vor.
Ein Quartiermeister machte die Runde. »Noch jemand, der an Land geht?«
»Ich hatte vorgehabt, Ihnen zu schreiben, sobald ich in Sierra

Leone bin«, fuhr Amber fort. »Eigentlich wollte ich Ihnen schon von hier schreiben.«
»Die Gangway wird gleich hochgezogen, Madam.«
Amber seufzte.
»Ich fürchte, es bleibt mir nichts anderes übrig, als zu schreiben«, lachte er kläglich.
Sie antwortete mit einem Lächeln, machte aber keine Bewegung.
Wieder läutete die Glocke.
»Ich glaube, Sie müssen das Schiff jetzt verlassen – es sei denn, Sie kommen mit nach Alebi«, scherzte er.
»Ich komme mit nach Alebi«, gab sie zur Antwort, »dafür habe ich schließlich bezahlt.«
Amber war nachgerade sprachlos.
»Aber – Sie können doch nicht – und Ihr Gepäck?«
»Mein Gepäck ist in meiner Kabine«, erklärte sie unschuldig.
»Wußten Sie denn nicht, daß ich mitfahren würde?«

Erst nachdem sie fünf Tage unterwegs waren, und der Zuckerhutberg von Teneriffa hinter ihnen ins Meer sank, wurde Amber der Ernst der Lage plötzlich bewußt.
»Ich bin ein selbstsüchtiges Rindvieh«, schalt er sich, »sonst hätte ich Sie überredet, das Schiff in Santa Cruz zu verlassen. Sie hätten nicht mitkommen dürfen.«
»Da bin ich und da bleibe ich«, erklärte sie lakonisch. Sie lag ausgestreckt in einem Korbstuhl, ein entzückendes Bild vom Kopf bis zur weißen Schuhspitze.
»Ich bin die Tochter eines Forschers«, fuhr sie halb ernsthaft fort, »vergessen Sie das nicht, Captain Grey.«
»Es wäre mir lieber, Sie würden mich Amber nennen«, sagte er.
»Also dann, Mr. Amber«, entschloß sie sich zu einem Kompromiß, »obgleich es ein bißchen familiär klingt. Was habe ich eben gesagt?«
»Sie rühmten sich Ihrer Herkunft«, erinnerte er sie und zog einen Stuhl an ihre Seite, »und wir hörten andächtig zu.«
Sie schwieg, und ihre Augen folgten den tanzenden Wellen, die nach achtern verschwanden, während das Schiff durch das Wasser glitt.
»Es ist eine große Sache, nicht wahr?« sagte sie plötzlich.
»Dieses Land hat meinen Vater getötet – es hat meinen Bruder

genommen –«
»Sie wird es nicht bekommen«, preßte er zwischen den Zähnen hindurch. »Eine solche Verrücktheit lasse ich nicht zu; Sie kehren zurück. In Grand Bassam stoßen wir auf das heimwärts fahrende Kongoschiff, und ich bringe Sie an Bord.«
»Mit Gewalt«, ergänzte sie, »oder in Segeltuch verpackt mit der Aufschrift ›Nicht in Nähe der Heizkessel lagern!‹ Nein, ich komme mit bis zum Ausgangspunkt der Expedition – wenn nicht noch weiter. Es ist mein Palaver – so heißt es doch? – viel mehr als Ihres.«
Es war ihr Ernst.
»Da mögen Sie recht haben«, sagte er langsam, »aber es ist eine Männersache – und außerdem eine besonders dreckige. Bevor wir Lambaire und seine Leute finden –« Er zögerte.
»Wenn wir sie überhaupt finden«, fuhr sie ruhig fort, und er nickte.
»Es hat keinen Sinn, die Augen vor möglichen Tatsachen zu verschließen«, sagte er, diesmal ohne zu zögern, aber mit einer Sanftheit, die Cynthia innerlich erzittern ließ.
»Wir müssen auf das Schlimmste gefaßt sein«, fuhr er fort. »Es kann sein, daß Lambaire meint, der Diamantenfluß befinde sich auf portugiesischem Territorium, und daß er den Kompaß manipuliert hat, um unsere Regierung in dem Glauben zu wiegen, er handle ehrlich.«
»Glauben Sie, daß das der Grund war?« fragte sie.
»Ehrlich gesagt, nein. Ich vermute vielmehr, daß der Kompaß manipuliert war, damit Ihr Vater die Mine nicht mehr wiederfinden sollte. Ich denke, Lambaire bezweckte damit, daß der Plan außer ihm selbst niemandem nützen sollte, falls er zufällig in fremde Hände fiel.«
»Aber warum nahm er dann Francis mit?« wunderte sie sich.
»Weil das die einzige Möglichkeit war, an den Plan heranzukommen – und indem sie den Sohn des toten Forschers einbezogen, stärkten sie zugleich ihre Position.«
Das war das einzige Mal, daß sie sich über dieses Thema unterhielten. In Sierra Leone stiegen sie auf die »Pinto Colo«, einen kleinen portugiesischen Küstendampfer um, der am Ufer entlangzuckelte und alle paar Meilen anzulegen schien, um Fässer mit Rum auszuladen.

Eines Morgens schließlich, als ein dicker weißer Dunst über dem öligen Wasser lag, legten sie vor einer flachen Küste an, die vom Schiff aus nicht zu sehen war.
»Wir sind angekommen«, sagte Amber eine Stunde später, als das Landeboot im Ufersand aufgelaufen war. Er wandte sich an einen langen, dünnen Eingeborenen, der sich etwas abseits der Gruppe von Bootsleuten hielt, die beim Ausladen behilflich waren.
»Der Konsul, bitte ...?«
»Massa«, begann der Schwarze eindrücklich, »Konsul in Busch. Weiße Mann in Busch. Buschmann töten weiße Mann. Konsul Buschmann hängen.«
Cynthia hatte kein Wort von diesem Kauderwelsch verstanden und blickte von dem Eingeborenen zu Amber, der aufmerksam, mit angespannten Zügen zugehört hatte.
»Wie heißt der weiße Mann, der tot ist?« wollte er wissen.
Aber noch bevor der Schwarze antworten konnte, wurde seine Aufmerksamkeit abgelenkt, und er schaute zum Himmel hinauf. Über ihren Köpfen kreiste langsam ein Vogel.
Er streckte einen Arm aus und pfiff leise. Der Vogel ließ sich wie ein Stein auf das sandige Ufer fallen, erhob sich mit Mühe, machte ein paar Schritte und fiel wieder hin, wobei sich sein Kopf hob und senkte.
Der Eingeborene nahm ihn behutsam auf – es war eine Taube. Um das eine Bein war ein kleines Zettelchen gewickelt und mit einem Gummiband festgemacht. Amber entfernte das Papierchen sorgfältig und strich es glatt.
»Herren Lambaire und Whitey in Alebi-Missionsstation angekommen. Melden Entdeckung von Diamantenfeld. Erklären, Sutton vor Monat an Fieber gestorben. (Unterzeichnet) H. Sanders.«
Langsam las er den Text nochmals durch, und Cynthia sah ihm mit besorgtem Gesicht dabei zu.
»Was steht darin?« fragte sie.
Amber faltete das Papierchen zusammen.
»Ich glaube nicht, daß es für uns bestimmt ist«, wich er aus.

14

Im Hinterland von K'hassi saßen drei Männer und aßen. Die Sonne war im Begriff unterzugehen, und vom Lagerfeuer stieg schnurgerade eine dünne Rauchfahne auf.
Der beleibte Mann in der schmutzigen Leinenhose war Lambaire, der Dünne mit dem unrasierten gelben Gesicht Whitey. Er erholte sich gerade von seinem zweiten Fieberanfall, und die Hand, die das Essen zum Mund führte, zitterte immer noch. Der junge Sutton war der dritte. Sie sprachen nicht, während sie mit dem kaum genießbaren Flußfisch beschäftigt waren, den der schwarze Führer für sie gefangen hatte. Erst als sie damit fertig und zum Flußufer hinuntergeschlendert waren, brach Lambaire das Schweigen.
»Das ist das Ende«, sagte er heiser.
Whitey sagte nichts.
»Dreitausend Pfund hat mich diese Expedition gekostet und wer weiß wie viele Jahre meines Lebens«, fuhr Lambaire fort, »und nun sitzen wir hier, tausend Meilen von der Küste.«
»Vierhundert«, unterbrach Whitey ungeduldig, »aber vierhundert oder viertausend ist schließlich egal.«
Darauf folgte eine lange Pause.
»Wohin führt dieser Fluß?« fragte Lambaire. »Irgendwo muß er ja wohl hinführen.«
»Durch ein hübsches Kannibalenland«, gab Whitey grimmig zur Antwort. »Falls Sie eine Abkürzung zum Meer suchen, vergessen Sie den Fluß.«
»Und einen Diamantenfluß gibt es auch nicht – überhaupt keine Diamanten«, brummte Lambaire. »Ihr Vater war mir ein schöner Forscher, Sutton.« Es hatte drohend geklungen, aber Francis Sutton blickte nur nachdenklich auf den Fluß und gab keine Antwort.
»Ein verdammt schöner Forscher«, wiederholte Lambaire.
Sutton drehte den Kopf halb nach ihm um. »Streiten Sie nicht mit mir«, sagte er düster, »sonst –«
»Sonst? Was sonst?« Lambaire war soweit, sich mit jedem zu streiten.
»Sonst erschieße ich Sie«, sagte Sutton und wandte den Kopf wieder dem Fluß zu.

Es zuckte in Lambaires Gesicht, und er erhob sich halbwegs – sie saßen alle drei am Ufer –: »Sagen Sie so etwas nicht, Sutton, sagen Sie das nicht«, knurrte er nervös. »Mit solchen Worten –«
»Nun hören Sie endlich auf«, krächzte Whitey. »Wir wollen nicht Ihr Gewäsch hören, Lambaire, wir wollen hier raus!«
Hier raus! Das war alles, wozu ihr Suchen nach dem Diamantenfluß geführt hatte. Dafür waren sie vier Monate lang durch den Busch marschiert und hatten sich mit jeder Woche ein weiteres Stück von der Zivilisation entfernt. Sie waren nicht bis an die portugiesische Grenze gekommen; noch mehr als hundert Meilen davon entfernt hatte sich herausgestellt, daß ihre Karte überhaupt nicht stimmte. Es waren darin kleine Dörfer eingezeichnet, auf die sie nirgends gestoßen waren; und wenn sie einmal zu einem Dorf gekommen waren und den Dorfältesten ausgemacht hatten, mußten sie feststellen, daß vor ihnen schon andere Afrikareisende festgestellt hatten, daß nämlich im Umkreis von einer Meile eine ganze Reihe von Dörfern den gleichen Namen tragen.
Währenddessen war die kleine Karawane mit ihrer rasch schwindenden Anzahl von Trägern immer tiefer in den Busch geraten. Sie hatten mit den Alebi verhandelt, einen ständigen Kampf gegen die Bewohner des mittleren Waldes geführt, drei Tage lang ihr Lager gegen die K'hassi verteidigt, bis sie schließlich bei den geistig gebrochenen Sklavenvölkern im Innern eine zweifelhafte Sicherheit fanden.
Und das Ergebnis war, daß sie jetzt den ganzen Weg, den sie sich durch dieses wilde Land hergekämpft hatten, wieder zurückgehen mußten.
»Es gibt also keinen andern Weg«, meinte Lambaire schließlich.
Whitey schüttelte den Kopf.
Ein klägliches Ende einer großen Expedition. Gar nicht so, wie Expeditionen in Büchern enden, dachte Francis Sutton, während er in das träge dahinziehende Wasser starrte. Cynthia würde lachen. Vielleicht würde sie auch weinen, und sie hätte allen Grund dazu.
Und dann dieser Amber – dieser Dieb; komischer Name, Amber – Bernstein. Warum nicht gar Gold oder Diamant? Diamanten gab es auch keine, keinen Fluß der Sterne; der Traum war aus. Das hier war zwar ein Fluß. Er kroch durch das Land der

Kannibalen, wand sich Hunderte von Meilen durch Schluchten, gelangte schließlich ans Meer... wo es Schiffe gab, die nach England fuhren... nach London.
Er sprang auf. »Wann gehen wir?«
»Wohin?« fragte Lambaire.
»Wir müssen den gleichen Weg zurückgehen, den wir gekommen sind«, sagte Sutton. »Warum brechen wir dann nicht auf? Die Träger laufen uns doch nur davon – zwei sind letzte Nacht wieder verschwunden. Vorräte haben wir auch keine mehr, und an Munition sind für jeden nur noch hundert Schuß da.«
»Morgen früh brechen wir auf«, sagte Lambaire lustlos.

Noch vor Sonnenaufgang begann die kleine Karawane ihren beschwerlichen Marsch zur Küste.
Drei Tage lang kamen sie unbehindert voran; am vierten Tag stießen sie auf eine Gruppe jagender K'hassi – ein schlechtes Zeichen, nachdem sie schon gehofft hatten, ohne ernsthafte Kämpfe durch das Gebiet dieses Stammes zu kommen. Die Jäger ließen von ihrer Suche nach Elefanten ab, zugunsten einer bedeutend lustigeren Menschenjagd.
Glücklicherweise gelangte die kleine Expedition in eine offene Ebene, und hier war es ihnen möglich, sich den Feind vom Leib zu halten. Am fünften Tag brach der Führer, der hinter den schwitzenden Trägern marschierte, plötzlich in einen wilden und mißtönenden Gesang aus. Sutton und Whitey gingen nach hinten, um die Ursache dieses Ausbruchs zu erfahren. Kichernd erzählte ihnen der Mann, er habe mehrere Teufel gesehen. In der Nacht darauf schlich er sich mit einem hölzernen Knüppel an das Lager eines Trägers, mit dem er sich sonst immer ausgezeichnet verstanden hatte, und zerschmetterte ihm den Schädel.
»Schlafkrankheit«, sagte Sutton.
Die drei weißen Männer standen in der Nähe des Baumes, an den man den verrückt gewordenen Führer festgebunden hatte.
»Was machen wir jetzt?« jammerte Lambaire. »Wir können ihn doch nicht hierlassen; er würde verhungern – oder sich losmachen, das wäre noch schlimmer.«
Schließlich verschoben sie die Entscheidung auf den folgenden Morgen und ließen den Wahnsinnigen zur Sicherheit bewa-

chen.
Anderntags erhielten die Träger einen neuernannten Obmann, und die Karawane setzte sich in Bewegung. Whitey blieb zurück. Lambaire, der in der Mitte der Kolonne marschierte, hörte einen scharfen Knall und kurz darauf einen zweiten. Er schauderte und wischte sich mit dem Handrücken über die feuchte Stirn.
Bald darauf hatte Whitey ihn eingeholt – er war blaß, und seine Lippen bebten.
Ängstlich schaute Lambaire ihn an.
»Was hast du getan?« flüsterte er.
»Weiter, weiter«, schnarrte der andere. »Sie stellen zu viele Fragen, Lambaire; Sie sind zu neugierig – Sie wissen verdammt gut, was ich getan habe. Man kann einen Menschen nicht einfach dem Hungertod überlassen – oder? Etwas mußte ja wohl geschehen.« Seine Stimme war zuletzt ein schriller Schrei, und Lambaire fragte nichts mehr.
Sie waren auf der letzten, langen Etappe ihrer Reise im Alebigebiet angekommen, als Lambaire einen großartigen Einfall hatte. Er sagte niemandem etwas davon und ließ sich die Sache zwei Tage lang durch den Kopf gehen.
Sie kamen zu einem Eingeborenendorf, dessen Bewohner den seltsamen weißen Männern freundlich gesinnt waren, und wo sie ihren müden Körpern drei Tage lang Ruhe gönnten.
Als sie am Abend des zweiten Tages vor einem flackernden Feuer saßen – die Nächte können selbst in Äquatorialafrika empfindlich kühl sein –, eröffnete Lambaire den anderen seinen Plan.
»Habt ihr beiden schon je darüber nachgedacht, was uns bevorsteht?« begann er.
Keiner gab Antwort. Sutton ließ diese Frage gleichgültig, aber Whiteys Augen verengten sich.
»Die Hölle«, erklärte Lambaire dramatisch. »Ich marschiere auf das Konkursgericht zu, du, Whitey, desgleichen, und Sutton wird zum Gespött von ganz London; dadurch«, fuhr er langsam fort und beobachtete die Wirkung seiner Worte, »wird auch der Name seines Vaters lächerlich gemacht.«
Er sah, wie der junge Mann zusammenzuckte.
»Ich und Whitey haben eine Gesellschaft aufgezogen – den

Leuten Geld abgenommen – Diamantensteine – glänzende Aussichten und so weiter – stimmt's?«
Er sah, wie Whitey nachdenklich nickte, und las eine gewisse Verwirrung auf Suttons Gesicht.
»Jetzt kommen wir zurück –«
»Falls wir zurückkommen«, murmelte Whitey.
»Erzähl keinen Unsinn«, schnauzte Lambaire ihn an. »Mein Gott, du machst mich noch krank, Whitey; du verdirbst immer gleich alles! Falls wir zurückkommen! Natürlich kommen wir zurück – das Schlimmste haben wir hinter uns. Jetzt heißt's nur noch marschieren – wir sind in Reichweite der Zivilisation –«
»Weiter – weiter«, drängte Whitey. »Wir kommen also zurück?«
»Und wenn wir zurück sind«, fuhr Lambaire fort, »müssen wir sagen: Hört her, liebe Leute – die Sache ist folgende –«
»Um die Wahrheit zu sagen«, ergänzte Whitey.
»Um die Wahrheit zu sagen: Es gibt gar keine Mine.«
Lambaire machte eine Pause, um die Bedeutung seiner Worte sowohl sich selbst als auch seinen Zuhörern bewußtzumachen.
»Und?« fragte Whitey.
»Und?« wiederholte Lambaire. »Warum sollten wir? Nun paßt einmal auf!« Er beugte sich vor und sprach schnell und mit großem Eifer. »Was hält uns davon ab, zu erklären, wir hätten die Stelle mit den Diamanten gefunden, hm? Den Fluß können wir weglassen – oder daraus ein trockenes Flußbett machen – wir haben Hunderte von Orten gesehen, wo in der Regenzeit Wasser fließt. Angenommen, wir kehren heil und gesund zurück, die Taschen voller ungeschliffener Diamanten – die kann ich leicht in London auftreiben –«
Whiteys Augen tanzten, und es erübrigte sich zu fragen, wie ihm dieser Plan gefiel. Das Problem war Sutton.
Sein Gesicht war starr vor Abneigung. »Sie sind verrückt, Lambaire«, erklärte er grob. »Glauben Sie, ich würde hingehen und solche Lügen erzählen? Halten Sie es wirklich für möglich, ich würde zu einem derartigen Betrug die Hand reichen – den Namen und den guten Ruf meines Vaters dafür hergeben? Sie sind nicht ganz bei Sinnen.«
Keiner der beiden andern hatte ihn bisher als ernst zu nehmenden Faktor ihrer Expedition und deren Zweck betrachtet. Er war für sie mehr oder weniger ein Werkzeug gewesen, von dem sie

keinen Widerspruch erwartet hatten. Und nun mußten sie sich plötzlich mit seiner Opposition auseinandersetzen, einer Opposition, die mit jedem Argument, das sie dagegen vorbrachten, nur noch stärker wurde.
Menschen, die von der Zivilisation abgeschnitten sind, bilden sich leicht eine eigene Moral, und noch bevor sie jenes freundliche Dorf verließen, fühlten sich sowohl Whitey, der Vernünftigere von beiden, als auch Lambaire schmählich betrogen.
Sutton mit seinen lächerlichen Skrupeln stand ihnen im Weg, mit seiner Sturheit brachte sie dieser Grünschnabel um den Lohn ihrer Arbeit. Am Ende der Woche – einer Woche ohne drohende Gefahren, die sie vielleicht zur Vernunft gebracht hätten – war Sutton ein Ausgestoßener. Schlimmer für ihn jedoch war der Ausbruch einer bösartigen Malaria, der die Reisegruppe in einer größeren Waldlichtung zu rasten zwang.
Sie schlugen ihr Lager neben einem trockenen Flußbett auf, wo Aussicht bestand, schon nach kurzem Graben auf Wasser zu stoßen.
Lambaire und Whitey unternahmen einen Gang in den Wald. Keiner sprach, aber jeder wußte, was der andere dachte.
»Was nun?« sagte Whitey schließlich.
Lambaire vermied seinen Blick.
»Für uns bedeutet das den nackten Ruin – dabei hätten wir Geld und Sicherheit, wenn er vernünftig wäre.«
Erneutes Schweigen.
»Steht's schlimm mit ihm?« fragte Lambaire plötzlich.
Whitey zuckte die Achseln. »Nicht schlimmer, als ein halbes dutzendmal mit mir. Es ist sein erster Fieberanfall.«
Es folgte wieder eine lange Pause, diesmal von Whitey unterbrochen.
»Wir können ihn nicht tragen – wir haben nur noch zwei Träger, und es sind mindestens fünfzig Meilen bis zur Missionsstation behaupten die Träger.«
Jeder in seine Gedanken versunken, sprachen sie nicht mehr, bis sie wieder im Lager waren, wo der junge Sutton im Fieberwahn stöhnte und jammerte und heftige Selbstgespräche führte.
Lambaire stand neben ihm und betrachtete ihn eine Weile, dann machte er sich auf die Suche nach Whitey.

Noch vor der gewohnten Zeit weckte Whitey einen der beiden Träger, einen Mann von der Küste, der gleichzeitig Dolmetscher war.
»Steh auf«, befahl er grob, »pack die Gewehre zusammen und beeil dich.«
Der Schwarze erhob sich schlaftrunken. Das Feuer war beinahe ausgegangen, und er versuchte mit dem bloßen Fuß, es wieder anzufachen.
»Nix da!« schnauzte Whitey ihn an, der ungewöhnlich schlechter Laune war. »Hol den anderen Mann und dann los!«
Die kleine Gruppe marschierte schweigend durch den Wald, vorneweg der Eingeborene mit einer Laterne zum Schutz gegen die wilden Tiere.
Plötzlich blieb er stehen und drehte sich nach Lambaire um. »Junge Massa ich nicht sehen.«
»Weiter!« befahl Whitey grob. »Junge Massa sterben.«
Der Schwarze brummte etwas und marschierte weiter. In diesem Land, wo ein Mensch am Morgen noch gesund ist und am Abend begraben wird, ist der Tod nichts Besonderes.
Bei Tagesanbruch machten sie eine Pause, um zu essen, was sie sonst immer vor dem Abmarsch getan hatten.
Die beiden Weißen kauten schweigend, ohne einander anzusehen.
Erst als der Wald in der aufgehenden Sonne badete, machte Whitey eine Bemerkung über die Ereignisse der Nacht.
»Einen Schwarzen konnten wir nicht zurücklassen und dem Hungertod aussetzen – aber ich will verdammt sein, wenn wir das nicht mit einem Weißen getan haben«, sagte er und fluchte ganz lästerlich.
»Sag das nicht«, erwiderte Lambaire und hob die Hand zum Protest. »Wir konnten doch – wir konnten nicht tun, was wir... du weißt... was wir mit dem Verrückten getan haben... sei vernünftig, Whitey... er ist sicher schon tot.«
Drei Tage später erreichten sie eine einsame Missionsstation. Ein Heliograph teilte dem auf Reisen befindlichen Commissioner ihre Ankunft mit. Da sich dieser auf dem flachen Land aufhielt, war eine heliographische Verbindung zur Küste nicht möglich.
Doch er hatte einen Korb voll Brieftauben dabei.

Drei Wochen Ruhe, ein weiches Bett, christliches Essen und ein Rasierapparat – schon fühlte Lambaire sich wie neugeboren. Er hatte die Gabe, unangenehme Dinge rasch zu vergessen. Eines Tages tauchte ein kleiner Mann in Khaki in der Missionsstation auf, der berüchtigte Commissioner Sanders, der einige Fragen stellte, die Gäste der Mission aber in Anbetracht ihrer allgemeinen Erschöpfung nicht weiter um Auskunft drängte. Er schien nicht überrascht, daß sie den Diamantenfluß gefunden hatten. Nach ihrer vagen Beschreibung mußte das neue Diamantenfeld auf britischem Territorium liegen. Er war enttäuscht, zeigte es aber nicht.
Ein Mann, dem das Wohl der Eingeborenen am Herzen liegt, ist niemals glücklich über die Entdeckung von Edelsteinen oder Metallen auf seinem Gebiet. Solche Schätze bedeuten Umbruch und Krieg. Sie bedeuten das Ende der gewohnten Lebensbedingungen und die Einführung einer oberflächlichen Zivilisation. Spätere Kritiker erhoben die Frage, warum der Commissioner sich nicht gleich an Ort und Stelle bei Lambaire und dessen Begleiter nach Proben von dieser geheimnisvollen Mine erkundigt hatte. Aber Sanders war eben ein einfacher Mann, der nie in der Administration von Gebieten mit Mineralvorkommen gearbeitet hatte und schlicht nicht wußte, was unter solchen Umständen zu tun war.
»Wann ist Sutton gestorben?« fragte er, und sie sagten es ihm.
»Wo?«
Da unterlief ihnen ein Schnitzer, denn die Stelle, die sie bezeichneten, lag ganze hundert Meilen im Innern.
Sanders machte eine kleine Rechnung.
»Es muß näher sein«, erklärte er, »Sie wären in dieser Zeit nie von dort bis zur Missionsstation marschiert.«
Sie gaben zu, daß sie sich möglicherweise irrten, und Sanders akzeptierte ihr Eingeständnis, denn er hatte Erfahrung mit dem schlechten Erinnerungsvermögen ausgehungerter Menschen.
Er fragte die Träger, aber ihre Angaben waren auch nicht präziser.
»Master«, sagte der Obmann im Dialekt der Küstenbewohner, »es war dort, wo vier Bäume ganz nahe zusammenstehen, zwei Kamholz- und zwei Kopalbäume.«
Da der Wald von Alebi zur Hauptsache aus Kamholz und Kopal

bestand, war der Commissioner so klug wie zuvor.
Zwei Wochen nach diesem Gespräch trafen Lambaire und Whitey in der kleinen Küstenstadt ein, wo Sanders sein Hauptquartier hatte.

15

In Westafrika in ein Zimmer zu treten, die Gedanken bei Dingen, wie sie Lambaire und Whitey gerade beschäftigten, und sich plötzlich einem Mann gegenüberzusehen, den man in England beim Wergzupfen wähnte, das kann einen schon etwas aus der Fassung bringen. So erging es jedenfalls unsern beiden Forschern. Es herrschte dramatische Stille, während Amber sich aus dem Sessel des Commissioners erhob.
Schweigend starrten ihn die beiden an, und er schaute zurück. Nur fehlte diesmal das spöttische Lächeln auf seinem Gesicht.
»Was soll das?« brummte Lambaire.
Diese Frage kam keineswegs unerwartet, aber Amber verzichtete darauf, eine Antwort zu geben. Sie waren allein in Sanders' Bungalow. Amber bedeutete den anderen Platz zu nehmen, und sie setzten sich unverzüglich, von dieser unerwarteten Begegnung wie hypnotisiert.
»Was habt ihr mit Sutton gemacht?« fragte Amber ruhig.
Sie schwiegen, und deshalb wiederholte er seine Frage.
»Er ist gestorben«, sagte Whitey, und seine Stimme war unnötig laut. »Er ist tot – unterwegs an Fieber gestorben. Es war sehr traurig; er ist gestorben... an Fieber.«
Zum erstenmal in seinem Leben hatte Whitey richtig Angst. Aus Ambers Stimme klang ein gewisser Befehlston, der schwer zu definieren war. Als wäre der Sträfling plötzlich in die Rolle des Richters geschlüpft. Weder Whitey noch Lambaire kam vorerst zum Bewußtsein, daß der Mann, der da von ihnen Auskunft verlangte, der gleiche war, den sie mit Handschellen in einer Gruppe von Sträflingen am Bahnhof Paddington gesehen hatten.
»Wann ist er gestorben?«
Sie antworteten eifrig und beide gleichzeitig.

»Und wer hat ihn begraben?«
Wiederum kam die Antwort im Chor.
»Ihr hattet doch zwei Eingeborene dabei – und sagtet ihnen nichts? Habt sie auch nicht gebeten, das Grab zu schaufeln?« Sein Ton war beißend, und er kniff die Augen zusammen, bis sie beinahe geschlossen schienen.
»Wir haben ihn selbst begraben«, fand Lambaire die Sprache wieder, »weil er ein Weißer war, und weil wir Weiße sind – verstehen Sie?«
»Ich verstehe.« Amber trat an den Tisch und kehrte mit einem Blatt Papier zurück. Sie sahen, daß es eine Kartenskizze war, und vermuteten richtig, daß es ein Plan ihrer Reiseroute sein mußte.
»Zeigen Sie mir die Stelle, wo er begraben ist.« Amber legte die Karte auf Whiteys Knie.
»Zeig ihm nichts!« Lambaire hatte etwas von seiner Geistesgegenwart zurückgewonnen. »Worauf spielen Sie eigentlich an? Wer zum Teufel sind Sie überhaupt, uns mit solchen Fragen zu belästigen, Sie alter Zuchthäusler?«
Sein Mut war wieder erwacht, und er begann zu fluchen – vielleicht war es auch das Fluchen, das seinen Mut stärkte.
»Nach allem, was wir durchgemacht haben!« zeterte er, »Hunger und Durst und Kämpfe – von einem Spitzbuben ausgefragt zu werden.«
Er spürte den festen Griff von Whiteys Hand an seinem Arm und verstummte.
»Sagen Sie nichts, was Sie nicht müssen«, murmelte Whitey. Lambaire schluckte seinen Zorn hinunter und schwieg.
»Und was ist mit diesem Diamantenfeld?« fuhr Amber mit der gleichen ruhigen Stimme fort. »Die Regierung weiß nichts von einem solchen Feld oder Fluß. Sie haben dem Commissioner erzählt, Sie hätten es gefunden. Wo liegt es?«
»Das müssen Sie selbst herausfinden, Amber«, piepste Whitey. »Sie sind ja so gescheit – finden Sie's nur selbst. Wir haben es auch finden müssen; wir konnten auch nicht bei den Leuten herumfragen – wir sind hingegangen und haben uns umgesehen!«
Er tastete am Boden des halbverdunkelten Bungalows nach seinem Hut.

»Wir reisen morgen zurück«, erklärte er, »und sobald wir in einem zivilisierten Hafen sind, werden wir als erstes die Polizei über Sie informieren... es wäre ja noch schöner, wenn sich plötzlich Zuchthäusler auf britischem Territorium herumtreiben könnten!« Er nickte drohend mit dem Kopf, worauf ihn Amber mit jenem Lächeln bedachte, für das er bekannt war.

»Mr. Whitey«, begann er freundlich, »Sie werden morgen nicht abreisen – das Schiff fährt ohne Sie.«

»He?«

»Das Schiff fährt ohne Sie, ohne Whitey und Lambaire«, wiederholte Amber.

»Was soll das heißen?«

Als Antwort tippte Amber auf das Papier, das er dem protestierenden Whitey wieder aus der Hand genommen hatte. »Hier irgendwo«, er zeigte auf eine Stelle, die mit einem Kreuz bezeichnet war, »nicht weit von einem ausgetrockneten Fluß, starb ein Mensch. Ich will Beweise dafür, daß er tot ist und wie er gestorben ist, bevor ich Sie gehenlasse.«

»Was meinen Sie damit, Mr. Amber?« Whiteys Stimme war unsicher.

»Genau das, was ich sage«, entgegnete Amber ruhig.

»Glauben Sie, daß wir ihn umgebracht haben?«

Amber zuckte die Achseln. »Das werden wir auf die eine oder andere Art in Erfahrung bringen, bevor Sie abreisen.« In seinem Ton lag etwas, das seine Gegenüber frösteln machte.

»Ich habe eine Suchmannschaft dorthin geschickt, wo Sie, wie Sie sagten, Mr. Sutton zurückgelassen haben«, fuhr er fort. »Ihr Dolmetscher wird die besagte Stelle ohne Schwierigkeiten wiederfinden – er ist bereits unterwegs.«

Lambaire war weiß wie der Tod.

»Wir haben Sutton nichts getan«, beteuerte er.

Amber neigte den Kopf.

»Das werden wir ja sehen.«

Auf dem Weg vom Bungalow zur Hütte, die ihnen der Commissioner zur Verfügung gestellt hatte, blieb Lambaire plötzlich stehen und legte die Hand auf Whiteys Arm.

»Angenommen«, keuchte er, »angenommen –«

Whitey schüttelte die Hand ab. »Nun schnappen Sie bloß nicht gleich über«, herrschte er ihn an. »Angenommen was?«

»Angenommen – ein herumziehender Eingeborener – hat ihn gefunden und erstochen. Dann gibt man uns die Schuld.«
»Mein Gott, daran habe ich nicht gedacht!«
Während der folgenden langen Tage des Wartens hatten sie beide reichlich Gelegenheit, darüber nachzudenken. Sie lernten, daß Ambers Wort Gesetz war. Einmal sahen sie ihn von weitem, vermieden es aber, ein Gespräch zu suchen. Sie erfuhren auch von Cynthia Suttons Anwesenheit. Das beunruhigte sie irgendwie, und sie fragten sich, wieviel sie wohl wissen mochte.
Sie wußte alles. Blaß, aber ohne zu weinen, hatte sie zugehört, während Amber ihr schonend beibrachte, was ihm der Commissioner mitgeteilt hatte.
»Ich möchte Ihnen gerne etwas Hoffnung machen«, schloß er, »aber das wäre grausam. Die Geschichte klingt wahr, und trotzdem habe ich das Gefühl, daß etwas dahintersteckt, von dem wir nichts wissen.« Er sagte ihr jedoch nichts von seinem Verdacht. Hingegen hatte er Sanders gegenüber davon gesprochen, und in der Tat hatten sie gleich ein paar Leute ausgeschickt, um jene Stelle zu untersuchen, wo Sutton angeblich begraben war.
»Europäer können in Alebi ganz plötzlich sterben«, belehrte der Commissioner Amber. »Die Möglichkeit ist groß, daß diese Geschichte stimmt – obwohl mir die beiden nicht danach aussehen, als ob sie diesen armen Kerl aus sentimentalen Gefühlen eigenhändig begraben würden. Das kann ich nicht ganz glauben.«
»Was gedenken Sie zu tun, wenn Ihre Leute zurück sind?« fragte Amber.
»Ich habe mir folgendes überlegt«, erwiderte Sanders. »Ich werde erst in Gegenwart von Ihnen und beiden Männern mit ihnen sprechen, damit sie ganz unvoreingenommen berichten.«
Wochen gingen dahin – für Lambaire und Whitey waren es Wochen unerträglicher Spannung, die sie sich im Schatten ihrer Hütte mit Lügenwhist zu verkürzen suchten.
Sanders machte ihnen täglich einen Besuch. Er behandelte sie wie ein Gefängnisdirektor seine berühmtesten Häftlinge, so kam es Lambaire jedenfalls vor. Bis schließlich eines Tages eine

Ordonnanz mit einem Zettel anrückte – man verlangte ihr Erscheinen in der »Residenz«.
Sanders saß an seinem großen Schreibtisch, dem einzigen nennenswerten Möbelstück in seinem Büro.
Vor dem Tisch standen drei reisemüde Schwarze in abgewetzten blauen Polizeiuniformen. Sanders sprach ein paar Worte mit ihnen in der Eingeborenensprache, die für die anderen Weißen völlig unverständlich war.
Amber und Cynthia Sutton saßen rechts neben dem Schreibtisch des Commissioners, links davon standen zwei freie Stühle. Das Ganze hatte etwas von einem Gerichtshof, wo Kläger und Angeklagte ihre vorgeschriebenen Plätze haben.
Lambaire warf einen Seitenblick auf Cynthia in ihrem weißen Kleid und dem schneeweißen Hut, machte eine kleine, nervöse Grimasse und ging dann schwerfällig auf seinen Platz zu.
Sanders hatte seine Unterredung beendet, und mit einer Handbewegung befahl er seine Männer in die Mitte des Zimmers.
»Ich werde meinen Leuten jetzt Fragen stellen und ihre Antworten jeweils übersetzen, wenn Ihnen das recht ist?«
Whitey räusperte sich und versuchte, eine Zustimmung zu formulieren, aber da er kein Wort herausbrachte, beließ er es bei einem Nicken.
»Habt ihr die Stelle mit den vier Bäumen gefunden?« fragte Sanders einen der Polizisten.
»Herr, wir haben die Stelle gefunden«, antwortete der Mann, und Sanders übersetzte Satz für Satz, was sie berichteten.
»Viele Tage lang folgten wir dem Pfad, auf dem die weißen Männer gekommen waren; nur einen Tag ruhten wir aus«, erzählte der Polizist. »Wir fanden die Lagerplätze mit der Asche vom Feuer, das die weißen Männer gemacht hatten, auch Patronenhülsen und andere Dinge, die weiße Männer wegwerfen, haben wir gefunden.«
»Wie viele Tage sind die weißen Männer unterwegs gewesen bis hierher?«
»Zehn Tage. Es waren zehn Nachtfeuer mit viel Asche und zehn Tagesfeuer mit Asche nur vom Kochen. Auch waren an diesen Stellen keine Schlafplätze hergerichtet worden. Zehn Tage lang reisten zwei weiße Männer zusammen, vorher waren es drei weiße Männer gewesen.«

»Woher weißt du das?« fragte Sanders.
»Das war sehr leicht festzustellen, Herr, denn wir fanden die Plätze, wo sie geschlafen hatten. Wir fanden auch den Ort, wo der weiße Mann zurückgelassen wurde.«
Lambaires Lippen waren trocken; sein Mund fühlte sich an wie Kalk, während Sanders den Bericht des Eingeborenen übersetzte.
»Habt ihr den weißen Mann gefunden, der zurückgeblieben ist?« fragte der Commissioner.
Der Eingeborene verneinte.
»Wir fanden ein offenes Grab, aber es war niemand drin.«
Lambaire warf seinem Nebenmann einen kurzen, verwunderten Blick zu.
»Habt ihr keine Spuren gefunden von diesem weißen Mann?«
»Nein, Herr, er war verschwunden, nur das hier hat er zurückgelassen.« Seine Hand tauchte in die Tasche seiner verschmutzten blauen Jacke, und was sie zum Vorschein brachte, mußte ein Taschentuch sein. Es war schmutzig, und eine Ecke war mehrmals verknotet.
Cynthia erhob sich und nahm es entgegen.
»Ja, es gehörte meinem Bruder«, sagte sie leise und reichte es an Sanders weiter.
»Hier ist etwas eingepackt«, bemerkte dieser und begann, das Tuch aufzuknoten. Es hatte im ganzen drei Knoten, und aus jedem, mit Ausnahme des letzten, fiel ein kleines graues Steinchen auf den Tisch. Im dritten waren vier kleine Steinchen, eins größer als die Fingerspitze eines Kindes. Sanders sammelte sie auf und betrachtete sie verwundert.
»Wissen Sie, was das heißen soll?« wandte er sich an Whitey aber dieser schüttelte nur den Kopf.
Hierauf wandte sich Sanders an den Eingeborenen.
»Abiboo, du kennst die Sitten und Bräuche der Alebi-Stämme – was hat das zu bedeuten?«
Auch Abiboo hatte keine Ahnung.
»Herr, wenn es aus Kamholz wäre, würde es eine Hochzeit bedeuten. Aus Gummibaum wäre es eine Reise – aber das hier hat keine Bedeutung, soviel ich weiß.«
Sanders drehte die Steinchen um und um.
»Ich verstehe das nicht«, erklärte er, als Amber an den Schreib-

tisch trat.
»Darf ich mal sehen?« fragte dieser
Sanders schüttete ihm die Steinchen in die Hand, und Amber trat damit ans Fenster und betrachtete sie eingehend. Dann nahm er sein Taschenmesser und kratzte die Oberfläche an. Er war so intensiv damit beschäftigt, daß er nicht zu bemerken schien, wie das Gespräch verstummte. Die andern warteten – drei – fünf – zehn Minuten. Dann kehrte er vom Fenster zurück und ließ die Steinchen in der hohlen Hand klimpern.
»Ich nehme an, wir können sie behalten?« sagte er. »Sie haben doch nichts dagegen?«
Lambaire schüttelte den Kopf.
Er war jetzt etwas ruhiger, obwohl er keinen Grund dazu hatte, dachte Whitey, während er seine trockenen Lippen befeuchtete. Schon die nächsten Worte des Commissioners gaben ihm recht.
»Sie sagten, daß Sie Mr. Sutton an einer bestimmten Stelle begraben haben«, begann dieser ernst. »Aber meine Männer haben nur ein offenes Grab finden können. Wie erklären Sie sich das?«
Es war nicht schwer, Lambaire in Panik zu versetzen – aber Whitey gab ihm keine Gelegenheit, seine Angst zu verraten.
»Dafür haben wir keine Erklärung«, piepste er mit dünner Stimme. »Wir haben ihn begraben, das ist alles – Ihre Männer müssen am falschen Ort gesucht haben. Sie können uns nicht länger hier festhalten, das ist gegen das Gesetz. Was werfen Sie uns eigentlich vor? Wir haben Ihnen alles gesagt, was es zu sagen gibt, nun müssen Sie beschließen, was geschehen soll.«
Er hatte in einem Atemzug gesprochen und hielt erschöpft inne. Was er gesagt hatte, war richtig – das wußte niemand besser als Amber.
»Gestatten Sie mir eine Frage«, sagte er. »Haben Sie die Diamantenmine, von der bis jetzt kaum gesprochen wurde, vor oder nach Mr. Suttons Verschwinden entdeckt?«
Lambaire, an den diese Frage in erster Linie gerichtet war, gab keine Antwort. Es war besser, solche Zeitbestimmungen Whitey zu überlassen.
Dieser sagte denn auch, fast ohne zu zögern:
»Vorher.«
»Lange vorher?«

»Ja – etwa eine Woche.«
»Hat Mr. Sutton von dieser Entdeckung gewußt?«
»Nein«, sagte Whitey – und hätte sich nach diesem Lapsus die Zunge abbeißen können. »Als wir die Mine entdeckten, hatte er schon das Fieber«, fügte er hinzu.
»Und wußte also nichts davon?«
»Nein.«
Amber öffnete die Hand und ließ die Steinchen auf Sanders' Schreibtisch gleiten.
»Und doch hatte er diese«, sagte er.
»Was hat das damit zu tun?« fragte Whitey.
Amber lächelte.
»Nichts – außer daß es Diamanten sind.«

16

Es war ein glücklicher Umstand, daß im Verlauf der nächsten drei Tage gleich zwei heimwärts fahrende Schiffe vor dem kleinen Küstenstädtchen anlegten, wo der Commissioner von Alebi sein Hauptquartier hatte. Glücklich, weil dadurch Lambaire und Whitey mit dem einen und Cynthia Sutton mit dem zweiten Schiff reisen konnten.
Amber begleitete sie ans Ufer, wo das schwere Brandungsboot wartete.
»Ich hätte mitfahren sollen«, sagte er, »oder, noch besser, Ihnen heimlich folgen und, wenn Sie heute beim Abendessen sitzen, in ganzer Pracht erscheinen und Sie überraschen sollen.«
Sie betrachtete ihn mit ernstem Gesicht. Die Hitze hatte ihre Haut noch heller und ihre Züge noch zarter gemacht. In Ambers Augen war sie die schönste Frau, die er jemals gesehen hatte.
»Ich wollte, Sie kämen mit«, gestand sie schlicht und verriet ihm damit ihre Gefühle.
»Ich muß hierbleiben.« Er nahm ihre Hand in seine beiden Hände. »Es besteht eine Hoffnung, wenn auch nur eine ganz geringe, daß Ihr Bruder noch am Leben ist. Sanders ist überzeugt, daß ihn die beiden zurückgelassen haben, weil sie dachten, er stirbt – aber es ist nicht bewiesen, daß er gestorben

ist. Ich bleibe so lange, bis ich auf die eine oder andere Art Gewißheit habe.«

Das Boot war startbereit, und Amber blickte mit heimlichem Neid nach dem Dampfer, der eine Meile vor der Küste geankert hatte.

»Auf Wiedersehen«, sagte sie, und ihre Lippen zitterten.

Amber streckte die Arme nach ihr aus, und sie ging ohne Zögern darauf ein. Einige Sekunden lang hielt er sie fest, dann hob sie das Gesicht zu ihm empor.

»Auf Wiedersehen«, flüsterte er und küßte sie auf den Mund.

Am nächsten Morgen brach Amber nach Alebi auf, begleitet von Abiboo, dem schweigsamen Haussa-Polizisten und Sanders' rechter Hand, sowie einigen Soldaten und Trägern.

Es war eine ganz gewöhnliche Reise in den Busch. Heiße, monotone Fußmärsche bei Tag, in der Nacht unablässiges Summen, Dorfpalaver, plötzlich losbrechende tropische Gewitter mit tiefhängenden gelben Wolken, die über die wogenden Baumwipfel stolpern, während unablässig Blitze den blauschwarzen Wald durchzucken.

Die Gruppe folgte dem üblichen Pfad von Dorf zu Dorf und zog in jedem kleinsten Weiler Erkundigungen ein. Aber niemand hatte einen weißen Mann gesehen, seit Lambaire und Whitey hier durchgekommen waren.

Endlich erreichten sie den Ort, wo Sutton, wie Lambaire sagte, gestorben war. Hier errichtete Amber eine Art Basislager.

Begleitet von Abiboo, untersuchte er die Stelle, wo das Taschentuch mit den Diamanten gefunden worden war, und ebenso die Senke mit dem »Grab«.

»Master«, erklärte Abiboo, »hier war die Grube für das Grab.«

»Ich sehe keine Grube«, sagte Amber. Er sprach arabisch, denn es hatte eine Zeit gegeben, da war Captain Ambrose Grey Gesandtschaftssekretär gewesen, und seine Arabischkenntnisse waren ziemlich gut.

Eine Untersuchung des Bodens zeigte, daß die Senke ein trockenes Flußbett war. Amber schritt es in beide Richtungen eine Meile weit ab, ohne jedoch auf die besagte Grube zu stoßen. Einige Stellen waren dicht mit Elefantengras bewachsen oder von Dorngebüsch überwuchert.

»Hier war Wasser«, belehrte ihn Abiboo, »aber *cala cala*«, vor langer Zeit.
Daß das Grab verschwunden war, wollte nichts heißen. Schwere Regenfälle, wie sie sie unterwegs erlebt hatten, würden genügen, um die aufgehäufte Erde fortzuschwemmen und das Niveau des Bodens auszugleichen.
Drei Wochen lang setzte Amber seine Nachforschungen fort; er schickte Boten in sämtliche Dörfer im Umkreis von fünfzig Meilen, ohne auch nur eine Spur von Sutton zu finden.
Nur ungern faßte er den Entschluß, die Suche aufzugeben; zwei seiner Träger waren an Beriberi erkrankt, und außerdem rückte die Regenzeit näher. Und was noch schlimmer war: Die Isisi, ein Alebi-Stamm, waren unruhig geworden – man hörte von Tänzen und Kreuzigungen. Sanders hatte ihm zur Verstärkung sechs weitere Soldaten geschickt.
Auf die gelegentlichen Gewitter waren schwere Regengüsse gefolgt, und Amber selbst hatte einen Fieberanfall gehabt.
»Ich bleibe noch zwei Tage«, erklärte er Abiboo; »wenn wir bis dahin nichts gefunden haben, brechen wir auf.«
Als er am Abend in seinem Zelt saß und einen Brief an Cynthia schrieb, kam Abiboo zu ihm mit einer Nachricht.
»Master«, berichtete der Haussa, »einer meiner Männer hat einen Schuß gehört.«
Amber trat vor das Zelt.
»Wo – aus welcher Richtung?« Es war stockdunkle Nacht, und außerdem fiel leichter Regen.
»Aus Osten«, antwortete der Eingeborene.
Amber kehrte ins Zelt zurück und holte seine Stablampe. Dann lauschten sie wieder in die Nacht hinaus.
In weiter Ferne hörten sie einen Laut wie von einer leidenden Katze – ein langgezogenes Heulen drang schwach an ihr Ohr.
»Das ist ein verwundeter Leopard«, erklärte Abiboo.
Amber überlegte. Außer dem leisen Geräusch des Regens war es im ganzen Wald mäuschenstill. Es war keine Nacht, in der Leoparden ihr Erscheinen ankündigen.
»Wenn es in diesem Wald einen weißen Mann gibt, wird er darauf reagieren.« Damit nahm Amber seinen Revolver aus der Tasche und feuerte zwei Schüsse in die Luft. Er wartete, aber es kam keine Antwort. In Abständen von einer halben Minute

leerte er das ganze Magazin seiner Waffe, ohne daß etwas geschah.
Er lauschte nahezu eine Stunde in die Nacht hinaus. Das Heulen des Leoparden – wenn es einer war – war in ein Wimmern umgeschlagen und schließlich verstummt. Während der Dunkelheit zu suchen hatte wenig Sinn; doch sobald der Morgen dämmerte, zog Amber mit Abiboo und zwei weiteren Haussas los.
Es war keine leichte Aufgabe, sechs Quadratmeilen Wald zu durchsuchen, in dem alte und junge Bäume zusammen mit der übrigen Vegetation ein dichtes Flechtwerk bildeten. Es war bereits später Nachmittag, als Abiboo die Fährte eines Tieres entdeckte. Sie folgten ihr und fanden eingetrocknete Blutflekken. Es konnte das Blut eines Tieres sein, das im Kampf mit einem andern verwundet worden war. Schließlich führte sie die Spur zu einer kleinen Lichtung. Unter einem Baum lag, steif und tot, der Leopard.
»Hm«, murmelte Amber und ging auf das tote Tier zu. Er sah nirgends eine Fleischwunde, die auf einen Zweikampf schließen ließ.
»Dreht ihn um.«
Die Männer gehorchten, und Amber stieß einen Pfiff aus. Die Verletzung hinter der linken Schulter stammte eindeutig von einem Schuß.
Amber kniete nieder, schnitt das Fleisch mit seinem Jagdmesser auf und suchte die Kugel. Nach längerem Suchen fand er sie: Sie stammte aus einem Webley-Revolver. Als sie ins Lager zurückkehrten, war er in sehr nachdenklicher Stimmung.
Wenn es Suttons Revolver war, wo war dann Sutton? Warum hielt er sich im Wald versteckt?
Es war ein strahlender Tag gewesen ohne den üblichen Sturm. Auf einen herrlichen Sonnenuntergang war eine klare Mondnacht gefolgt, wie es sie nur in Afrika gibt.
Amber saß vor seinem Zelt auf einem Feldstuhl und dachte über die Ereignisse der letzten Stunden nach. Wer war dieser geheimnisvolle Fremde, der da nachts herumging? Und aus welchem Grund hatte er den Leoparden erschossen?
Er rief nach Abiboo, der mit den andern Haussas zusammen am Feuer saß.

»Ich finde es seltsam, Abiboo, daß der weiße Mann den Leoparden erschossen hat.«
»Herr, das habe ich zu meinen Leuten auch gesagt«, antwortete Abiboo. »Wir denken, daß sich der Leopard zu jener Stelle geschlichen hatte, die dem weißen Mann Unterschlupf bietet.«
Amber sog nachdenklich an seiner Pfeife. Schließlich glaubte er sich zu erinnern, daß der Ort, wo sie die ersten Blutspuren entdeckt hatten, nicht weit von einem ebenfalls trockenen Flußbett lag. Als er genauer darüber nachdachte, kam er zu dem Schluß, daß es die Fortsetzung jenes Flußbetts sein mußte, in dessen Nähe sie ihr Lager hatten. Folgte man seinem Lauf, so sollte man innerhalb einer Stunde dort sein.
Die Nacht war für solche Streifzüge wie geschaffen – er beschloß jedenfalls, einen Versuch zu machen.
Er nahm vier Soldaten und den Sergeant mit, der ihnen mit einer Lampe voranging. Die Soldaten waren unerläßlich, denn im Verlaufe des Tages hatte ein Bote die Nachricht gebracht, daß ein kriegerischer Stamm in ihre Richtung unterwegs war.
Obwohl das Flußbett den Weg deutlich markierte, war er dennoch schwer zu begehen. An gewissen Stellen bildeten die Ablagerungen unüberwindliche Hindernisse, und sie mußten das steile Ufer hinaufklettern und einen Umweg durch den Wald machen.
Einmal begegneten sie einem streunenden Leoparden, der wütend den weißen Lichtstrahl ihrer Lampe anfauchte, bevor er kehrtmachte und verschwand.
Nach einem dieser Umwege kamen sie in ein lichtes, ebenes Stück.
»Es muß hier in der Nähe sein«, begann Amber, als Abiboo plötzlich die Hand hob. »Hören Sie?« flüsterte er.
Sie machten keine Bewegung und lauschten mit gesenkten Köpfen. Plötzlich klang durch die Stille des Waldes ein leises, aber unmißverständliches »Klick-Klick!«
Amber schlich weiter.
Das Flußbett machte eine scharfe Biegung nach rechts. Er ließ sich auf die Knie nieder und kroch dicht am Uferrand vorsichtig darauf zu. Er streckte den Kopf aus dem Gebüsch, das ihm die Sicht versperrte – und dann sah er, woher das Geräusch kam.
In der Mitte des Flusses stand im hellen Mondschein, in Hemd

und Hose, ein Mann und hackte. Von Zeit zu Zeit bückte er sich, hob mit beiden Händen Erde hoch und lachte. Es war ein leises, glucksendes Lachen, das Amber das Blut gefrieren ließ. Fünf Minuten lang sah er ihm zu, ehe er aus seinem Versteck trat.
»Päng!«
Eine Kugel pfiff an ihm vorbei und schlug dumpf neben ihm in die Böschung ein.
Im Bruchteil einer Sekunde war Amber am Boden und in Deckung. Der Mann mit der Hacke hatte mit dem Rücken zu ihm gestanden – also mußte jemand anders den Schuß abgefeuert haben!
Er blickte zurück.
»Abiboo«, knurrte er grimmig, »das ist ein schlechtes Palaver. Wir sind gekommen, um einen Mann zu retten, und er will uns umbringen.«
Er kroch wieder vor und spähte durch das Gebüsch – der Mann war verschwunden.
Auf das Risiko eines weiteren Schusses hin trat Amber in die Lichtung hinaus.
»Sutton!« rief er laut. Es kam keine Antwort.
»Sutton!« rief er ein zweites Mal – aber nur sein eigenes Echo kam zurück. Gefolgt von seinen Männern schritt er weiter.
In der Mitte des ausgetrockneten Wasserlaufs war ein Loch, daneben lag eine Hacke. Er hob sie auf und betrachtete sie. Das Metall glänzte vom vielen Gebrauch, und der Stiel war von der ständigen Handhabung glattpoliert. Er legte sie wieder hin und sah sich mit prüfenden Blicken um.
Der Fluß hatte sich hier am tiefsten eingeschnitten. Die mondbeschienene Seite des Einschnitts bot keinerlei Schutz. Er ging an dem im Schatten gelegenen Ufer entlang und ließ den Schein seiner Lampe über die Böschung gleiten.
Ihm schien, als sähe er etwas weiter oben eine höhlenartige Öffnung, halb verdeckt von einem verdorrten Gebüsch, das aber so unnatürlich »gewachsen« war, daß Amber überzeugt war, hier habe Menschenhand mitgewirkt.
Vorsichtig begann er hinaufzuklettern, bis er unmittelbar unter der Öffnung lag. Dann packte er das Gebüsch und riß es mit einem Ruck weg.
»Päng!«

Er fühlte das Pulver auf seiner Wange brennen und preßte sich näher an die Erde. Abiboo, der unten im Flußbett stand, kam mit einem Sprung die Böschung herauf.
»*Ba-lek*!« schrie Amber warnend.
Eine Hand mit einem schweren Armeerevolver fuhr aus der Öffnung, den schwarzen Lauf auf den Haussa gerichtet. Doch schon hatte Amber die Hand am Gelenk gepackt und nach oben gedreht.
»Verdammt!« sagte eine Stimme, und der Revolver fiel auf die Erde.
»Sutton«, rief Amber freundlich, hielt aber das Handgelenk weiterhin fest.
Pause.
»Wer sind Sie?« fragte die Stimme verwundert.
»Sie kennen mich als Amber.«
Neuerliche Pause.
»Sie sind's wahrhaftig!« sagte die Stimme. »Lassen Sie meine Hand los, ich komme hinaus – ich dachte, es seien Alebi auf dem Kriegspfad.«
Amber ließ los, und langsam kroch ein schmutziger und zerlumpter junger Mann aus der Höhle – unbestreitbar Sutton.
Er stand auf und schüttelte sich. »Ich fürchte, ich bin etwas unhöflich gewesen«, sagte er ruhig, »aber ich bin froh, daß Sie hier sind – am ›Fluß der Sterne‹.« Mit einem kläglichen Lächeln deutete er auf das trockene Flußbett.
Amber sagte nichts.
»Ich hätte schon vor Monaten von hier weggehen sollen«, fuhr Sutton fort, »wir haben mehr Diamanten in diesem Loch als – diese verdammten Steine!« fluchte er plötzlich. Dann beugte er sich zum Höhleneingang hinunter.
»Vater«, rief er leise, »komm heraus – ich möchte dir einen Landsmann vorstellen.«
Dann drehte er sich wieder zu Amber um, der vor Verblüffung stumm war.
»Meinem Vater geht es nicht besonders«, erklärte er mit einem Kratzen in der Stimme. »Sie müssen mir helfen, ihn von hier wegzubringen.«

17

Diamantenfluß AG
Aktienkapital £ 800000
100000 Stammaktien zu £ 5
30000 Vorzugsaktien zu £ 10
Aufsichtsräte:
Alphonse Lambaire, Esq.
George Whitey, Esq.
The Hon. Griffin Pullerger
Lord Corsington

So begann der Haupttext jener Subskriptionsanzeige, die ihren Weg in den Briefkasten eines jeden fand, der auf kluge oder unkluge Weise mit Börsenpapieren zu spekulieren pflegte.
Sowohl Lambaire als auch Whitey drückten sich davor, die Papiere öffentlich zur Zeichnung aufzulegen, wie das sonst üblich war. Vor die Wahl gestellt, den geraden Weg oder krumme Touren einzuschlagen, entschieden sie sich instinktiv für die zwielichtige Methode.
Sie hatten sich gleich nach ihrer Ankunft in England zu dieser Kampagne entschlossen. Letztlich standen sie besser da, als sie je gehofft hatten: Die Diamanten in Suttons Taschentuch – so erstaunlich sie im Augenblick darüber auch waren – verliehen ihrer Geschichte Glaubwürdigkeit, bewiesen sie doch, daß eine Mine vorhanden war.
Während der Reise hatten sie sich darüber müde geredet, durch welchen Zufall, was für einen gemeinen Streich des Schicksals diese Steine dort hingekommen waren, bis sie schließlich die Tatsache als solche akzeptierten. Mit Hingabe hatten sie sich an die Gestaltung ihrer Subskriptionsanzeige gemacht. Ein, zwei Namen für den Verwaltungsrat zu gewinnen war ein Kinderspiel gewesen; sie hatten nicht umsonst in der Presse Schlagzeilen gemacht, und sie hätten auch ohne weiteres den üblichen Weg einschlagen und ihre Auflage in der Zeitung ausschreiben können.
Aber sie wünschten keine neugierigen Fragen nach genauen Ortsangaben über ihre märchenhafte Mine. Um dieser Gefahr möglichst auszuweichen, waren sie auf eine listige Formulie-

rung der Gründungsakte ihrer Gesellschaft verfallen und hatten eine erhebliche Summe für die weitere Erforschung und Entwicklung des »gesellschaftseigenen Grund und Bodens« sowie für den Bau einer Zufahrtsstraße bestimmt. Sitz der Gesellschaft war Jersey, und wer sich in Aktiengesellschaften auskannte, wußte, was das bedeutete.
Zeitungsverleger und Redakteure, die die Subskriptionsanzeige zu sehen bekamen, schüttelten verwundert die Köpfe. Einige zogen unverzüglich dagegen vom Leder, andere sahen die romantische Seite des Ganzen und schrieben auch entsprechend. Die meisten jedoch schenkten ihr überhaupt keine Beachtung, nach dem Rezept: Wer nicht inseriert, der nicht existiert.
Es gibt einen Typ von Aktienbesitzern, der das Mysteriöse liebt. Er lebt in Wolken und denkt in Millionen. Er träumt davon, über Nacht reich zu werden. Auf diese Leute hatte Lambaire gesetzt – und er wurde nicht enttäuscht.
Was genau der Diamantenfluß versprach, war nicht umschrieben. Zwar wurde ein gewisses Risiko nicht ausgeschlossen, doch waren Andeutungen von ungeheurem Gewinn eingeflochten.
»Rap-rap!« machten die Klopfer von fünfzigtausend Türen, bevor der gewichtige Umschlag mit einem dumpfen Plumps auf die Vorleger fiel... Ungefähr zwei Tage später begannen die Antworten zu tröpfeln, wurden von Tag zu Tag mehr, bis sie schließlich zu einem Strom anschwollen. Ähnlich wie ein kleiner Junge Briefmarken sammelt, hatte Lambaire im Verlaufe seiner mannigfaltigen Unternehmungen Adressen gehortet. Eines seiner zahlreichen Notizbücher, in die außer ihm niemand Einblick hatte, war Seite um Seite, so eng wie dies in seiner krakligen Schrift nur möglich war, mit Adressen »In-Frage-Kommender« gefüllt sowie einem kleinen Vermerk hinter jedem Opfer.
»In mancher Beziehung sind Sie ein Wunder«, bekannte Whitey.
Der schwere Mann lächelte selbstgefällig.
Sie saßen im teuersten Hotel von ganz London beim Mittagessen, und durch die geöffneten Fenster des luxuriösen Speisesaals drang gedämpft der Verkehrslärm vom Piccadilly.

»Das ist ein gutes Geschäft«, sagte Lambaire und rieb sich die Hände, »ein sehr gutes Geschäft, und verschiedene Hintertürchen, falls es mit den Diamanten nicht klappen sollte. Wenn ich bloß nicht immer an Suttons Steine denken müßte –«
»Nun fangen Sie nicht wieder davon an – seien Sie froh, daß die Dinge so sind, wie sie sind. Sobald diese Sache erledigt und abgeschlossen ist, mache ich übrigens Schluß, Lam!« erklärte Whitey. »Danach will ich mit solchen Geschäften nichts mehr zu tun haben.«
Sie unterhielten sich über ihre Zukunftspläne, und es ging schon auf drei Uhr nachmittags, als Lambaire die Rechnung verlangte. Nachher spazierte er Arm in Arm mit Whitey zum Piccadilly.
»Amber ist wieder in London«, verkündete er. »Er ist letzten Samstag zurückgekommen.«
Mit ihrer Rückkehr in die Zivilisation war Amber für sie wieder in den Hintergrund getreten, und sie bedachten ihn mit der gutmütigen Geringschätzung der Erfolgreichen dem weniger Erfolgreichen gegenüber. Der Grund für ihre Arroganz lag in dem außergewöhnlichen Echo auf ihre Subskriptionsanzeige, die zahlreiche Geldquellen zum Fließen gebracht hatte.
»Und das Mädchen?« fragte Whitey.
»Ist schon seit längerer Zeit zurück.« Lambaire schnitt eine kleine Grimasse; er hatte in Warwick Gardens einen Besuch gemacht und war eisig empfangen worden.
»Man würde nicht denken, daß sie einen Bruder verloren hat«, fuhr er fort. »Weder Schwarz noch Trauer, dafür jeden Abend Theater und Konzert – ein herzloses Biest.«
Whitey blickte ihn an.
»Wer hat Ihnen das gesagt?«
»Einer meiner Jungs«, antwortete Lambaire leichthin.
»Oh!« meinte Whitey. Dann zog er seine Uhr hervor. »Ich habe eine Verabredung«, erklärte er und hielt nach einem Taxi Ausschau. »Wir sehen uns später im ›Whistler‹.«
Er nannte dem Taxifahrer ein Hotel, das erstbeste, das ihm einfiel. Sobald er jedoch aus Lambaires Gesichtsfeld verschwunden war, erteilte er dem Fahrer neue Anweisungen.
Er hatte beschlossen, Cynthia Sutton einen Besuch abzustatten. Der Unterschied zwischen Lambaire und Whitey kam nie so

deutlich zum Ausdruck, wie wenn sie gemeinsam einer Gefahr gegenüberstanden. Lambaire wich davor zurück, war taub für alle Warnungen und schloß die Augen vor den möglichen Folgen. Am liebsten verdrängte er das Ganze, und meistens gelang es ihm auch. Im Gegensatz dazu besah sich Whitey eine drohende Gefahr möglichst aus der Nähe, prüfte sie mehr oder weniger objektiv, stach hinein und rührte darin herum, bis er ihr Ausmaß kannte.

Als er in Warwick Gardens angekommen war, befahl er dem Fahrer zu warten und klingelte. Ein Dienstmädchen erschien.

»Ist Miss Sutton zu Hause?« fragte er.

»Nein, Sir«, antwortete das Mädchen so prompt, daß Whitey mißtrauisch wurde.

»Es dreht sich um eine wichtige Angelegenheit, mein Kind, um Leben und Tod.«

»Sie ist nicht zu Hause, Sir – es tut mir leid«, wiederholte das Mädchen.

»Ich weiß«, erklärte Whitey mit einem gewinnenden Lächeln, »aber sagen Sie es ihr.«

»Miss Sutton ist wirklich nicht hier, Sir«, protestierte das Mädchen. »Sie hat London letzten Freitag verlassen. Wenn Sie ihr schreiben wollen, kann ich ihr den Brief nachsenden.«

»Letzten Freitag?« Whitey dachte nach. Da fiel ihm ein, daß Amber am Samstag zurückgekommen war.

»Wenn Sie mir ihre Adresse geben, kann ich ihr direkt schreiben«, schlug er vor. »Die Sache ist wirklich sehr wichtig.«

Das Mädchen schüttelte nachdrücklich den Kopf.

»Ich kenne die Adresse nicht, Sir. Ich schicke alle Briefe an die Bank, und von dort werden sie weiterbefördert.«

Whitey spürte, daß sie die Wahrheit sagte.

Während er langsam zu dem wartenden Taxi zurückging, beschloß er, Amber aufzusuchen. Er mußte unbedingt in Erfahrung bringen, ob er die Subskriptionsanzeige gesehen hatte.

Amber hatte sie sogar mehrmals gesehen.

Als er eines Morgens kurz nach seiner Rückkehr bei Peter vorbeischaute, war der kleine Mann, die Brille auf der Nasenspitze, eifrig in die Abenteuer der beiden Forschungsreisenden vertieft, wie sie in der besagten Anzeige dargestellt waren.

Amber klopfte ihm sanft auf die Schultern, als er an ihm vorbei auf seinen Lieblingsstuhl am Fenster zuging.
»Was hast du da für Literatur, Peter?« fragte er.
Peter schob die Brille zurück und lächelte.
»Ein kleines Geschäft.« Peters Leben war eine Folge von kleinen Geschäften. »Nur ein kleines Geschäft, Amber. Ich riskiere hie und da eine bescheidene Spekulation. Ich besitze ein paar Anteilscheine der größten Mogeleien, die es überhaupt gibt.«
Amber schnalzte mit der Zunge.
»Mogeleien schütten keine Dividenden aus, du Krösus«, tadelte er.
»Man kann nie wissen«, protestierte Peter. »Ich habe fünfzig Aktien der Gesellschaft für Aztekische Schatzhügel.«
»Unter Vorsitz von Stolvetch«, ergänzte Amber, »der fünf lange und traurige Jahre hinter den prächtigen Mauern von Dartmoor verbringt.«
»Aber es war eine gute Idee.«
Amber lächelte nachsichtig.
»Und was sonst nocht?«
»Eine Gründeraktie des El Mandeseg Konsortiums«, verkündete Peter stolz.
»Zur Hebung von Schätzen aus gesunkenen spanischen Schiffen?«
Peter nickte verlegen.
»Laß mich diese Anzeige einmal sehen.«
Der romantisch veranlagte Peter reichte ihm das kostbare Dokument.
Amber las das Papier sorgfältig durch – nicht zum ersten Mal.
»Seltsam«, sagte er, als er mit Lesen fertig war. »Äußerst seltsam.«
»Was ist seltsam?«
Amber zog ein Zigarettenetui aus der Tasche, wählte eine Zigarette aus und zündete sie an.
»Alles ist seltsam, du unverbesserlicher Optimist«, erklärte er.
»War es nicht seltsam, von mir aus dem tiefsten und dunkelsten Innern des schwarzen Afrika einen Brief zu bekommen?«
»Das war allerdings seltsam«, gestand Peter. »Es hat mir allerlei zu denken gegeben. Ich habe einmal eine Geschichte gelesen von einem Burschen, der wegen eines völlig harmlosen Verbre-

chens geschnappt worden war.« Amber grinste. »Er kam ins Gefängnis, und eines Tages –«

»Ich weiß schon«, sagte Amber, »kam vom Meer her ein dichter Nebel, und er entwich aus dem Steinbruch, wo er arbeiten mußte, und auf dem Wasser wartete die elegante Yacht seiner Freunde. Auch eins dieser seltsamen Dinge. Sag mal, Peter, möchtest du einen Job haben?«

Peter sah ihn über den Rand seiner Brille hinweg an.

»Was für einen Job?« In seiner Stimme war ein leichtes Zittern.

»Ich bin nicht mehr so jung wie einst, und mein Herz ist nicht mehr so gut, wie es einmal war. Ich bin keiner von deinen waghalsigen Banditen.«

Amber lachte.

»Es handelt sich nicht um Waghalsigkeiten, du Draufgänger – aber hättest du Lust, einem Gentleman, der sich von einer schweren Krankheit erholt, ein bißchen Gesellschaft zu leisten? Die Krankheit hat sein Gedächtnis angegriffen und ihn an den Rand des Wahnsinns gebracht.« Er sah die plötzliche Angst in Peters Augen. »Nein, nein, er ist jetzt wieder ganz in Ordnung, es gab nur einmal eine Zeit –«

Er brach ab.

»Ich verlasse mich darauf, daß du keiner Menschenseele ein Wort davon sagst. Ich habe so das Gefühl, daß du der richtige Mann für diesen Job bist, es steckt kein Arg in dir, bester Peter.«

Ein Klopfen an der Tür unterbrach ihn.

»Herein!«

Der Türknauf drehte sich, und herein trat Whitey.

»Hier sind Sie also.«

Er blieb stehen, in der Hand den glänzenden Zylinder und im Gesicht ein freundliches Lächeln.

»Kommen Sie herein«, forderte Amber ihn auf, und mit einem Blick auf Peter: »Du gestattest doch?« Der alte Mann gestattete.

»Und?«

»Ich habe Sie gesucht«, sagte Whitey und setzte sich auf den Stuhl, den Amber ihm anwies.

»Ich dachte, Sie wären vielleicht hier«, fuhr er fort, »denn ich weiß, daß Sie hier gelegentlich Besuche machen.«

»Mit andern Worten«, verbesserte ihn Amber, »am Strand hat Ihr Wagen meinen Wagen überholt, und Sie haben Ihren Fahrer

beauftragt, mir in angemessener Distanz zu folgen – ich habe Sie gesehen.«
Whitey war keineswegs verlegen.
»Es muß einer schon sehr gewitzt sein, um Sie zu überlisten, Captain«, gab er zu. Ich bin gekommen, um mit Ihnen über –« Er erblickte die Anzeige auf dem Tisch. »Ah! Sie haben sie gesehen?«
»Ich habe sie gesehen«, erwiderte Amber säuerlich. »Ein prächtiges Werk. Und – fließen die Moneten?«
»Nicht besonders, nicht besonders«, log Whitey in schmerzlichem Ton. »Die Leute scheinen nicht anzubeißen: Der alte Abenteuergeist ist tot. Und verschiedene Zeitungen...« Er zuckte verächtlich die Achseln.
»Sehr mißtrauisch, diese öffentlichen Organe«, bestätigte Amber mitfühlend. »Diese Journalisten von heute glauben an gar nichts mehr.«
»Wir haben keine Inserate aufgegeben«, erklärte Whitey, »das ist der Grund.«
»Sie haben doch im *Financial Herald* inseriert«, hielt ihm Amber entgegen, »obschon sie ein paar komische Dinge schrieben – auch in der *Bullion and Mining Gazette*, und trotzdem ist man dort auch nicht sehr glimpflich mit Ihnen verfahren.«
»Weshalb ich mit Ihnen sprechen wollte«, wechselte Whitey das Thema, »ist folgendes: Sie besitzen eindeutige Beweise, daß wir die Mine gefunden haben – hätten Sie nicht Lust, in unsere Gesellschaft als Mitglied des Verwaltungsrats einzutreten?«
Die Kühnheit dieses Angebots brachte selbst Amber zum Staunen.
»Whitey«, sagte er bewundernd, »Sie übertreffen sich selbst! Mitglied des Verwaltungsrats! Nicht mal des Unrats, bester Whitey!«
»Kann ich Sie allein sprechen?« Whitey schickte einen vielsagenden Blick in die Richtung von Peter, aber Amber verneinte. »Sie können alles, was Sie zu sagen haben, hier sagen. Peter ist mein Vertrauter.«
»Also gut«, fuhr Whitey fort. »Von Mann zu Mann und unter Ehrenmännern, was halten Sie von unserem Angebot: viertausend Pfund in bar und zehntausend in Anteilscheinen?«
Amber trommelte nachdenklich mit den Fingern auf den Tisch.

»Nein«, sagte er schließlich, »mein Anteil an der Gesellschaft ist hoch genug.«
»An welcher Gesellschaft?« fragte Whitey.
»Der Diamantenfluß-Minengesellschaft AG«, gab Amber zur Antwort.
Whitey beugte sich über den Tisch und starrte ihn an.
»Sie haben keinen Anteil an unserer Gesellschaft.«
Amber lachte.
»Im Gegenteil, ich bin an der Diamantenfluß-Minengesellschaft sogar sehr stark beteiligt.«
»Das ist nicht meine Gesellschaft«, sagte Whitey.
»Ist ja auch nicht Ihre Mine«, gab Amber zurück.

18

Whitey traf Lambaire wie vereinbart im »Whistler«. Lambaire war allein im Spielsalon, als der andere eintrat. Im Abendanzug saß er an einem der grünbezogenen Tische und verkürzte sich die Zeit mit chinesischer Patience. Er blickte hoch.
»Hallo Whitey«, grüßte er träge. »Ziehst du dich nicht für den Abend um?«
Whitey machte die Tür sorgfältig hinter sich zu.
»Kann uns niemand hören?« fragte er.
Lambaire zog die Brauen hoch.
»Ist etwas nicht in Ordnung?«
»Nichts ist in Ordnung.« Whitey war ungewöhnlich heftig. »Ich bin bei Amber gewesen.«
»Deshalb muß ja nicht gleich alles in Unordnung sein, oder?«
Auf Alarmzeichen reagierte Lambaire für gewöhnlich gehässig.
»Schreien Sie mich nicht an, Lambaire, und machen Sie keine faulen Witze. Ich sage Ihnen, Amber weiß alles.«
»Was weiß er?«
»Daß wir die Mine nicht gefunden haben.«
»Das kann sich jeder Trottel ausrechnen«, lachte Lambaire verächtlich. »Aber kann er es auch beweisen?«
»Dafür gibt es nur eine Möglichkeit, und die hat er.«
»Das wäre?« fragte Lambaire, als sein Kompagnon schwieg.

»Er selbst hat die Mine gefunden. Davon bin ich überzeugt. Hören Sie zu, Lambaire.«
Er zog einen Stuhl an den Tisch.
»Wissen Sie, warum Amber nach Afrika kam?«
»Wegen dieses Mädchens vermutlich«, gab Lambaire zur Antwort.
»Nix Mädchen«, belehrte ihn Whitey. »Er kam, weil die Regierung dachte, daß die Mine auf portugiesischem Gebiet liegt. Schuld an der ganzen Verwirrung sind Ihre verteufelten Kompasse, Lambaire. Ihre ganzen verdammten Vorsichtsmaßnahmen waren für die Katz, Ihre sämtlichen Intrigen, den Plan zu bekommen, purer Zeitverlust. Der Plan war falsch. Falsch! Falsch! Falsch!«
Whitey hämmerte bei jedem Wort mit der Faust auf den Tisch.
»Warum, weiß ich nicht. Ich weiß auch nicht, ob es der alte Sutton absichtlich getan hat, aber jedenfalls tat er es. Sie gaben ihm falsche Kompasse, damit er den Rückweg nicht finden sollte. Er wußte aber, daß die Kompasse nicht stimmten, Lambaire, und dafür lieferte er Ihnen einen falschen Plan.«
Lambaire war aufgestanden.
»Du bist verrückt«, sagte er grob. »Aber was spielt das überhaupt für eine Rolle?«
»Was das für eine Rolle spielt?« schäumte Whitey. »Sie Einfaltspinsel, Sie Schwachsinniger! Amber kann uns erledigen! Er muß nur mit dem Finger auf die Landkarte zeigen und sagen: ›Unsere Mine liegt hier‹, und wir sind ruiniert. Das Kolonialministerium wird uns bitten, den Diamantenfluß genau zu lokalisieren – und wir müssen innerhalb einer Woche eine Antwort geben.«
Lambaire fiel in seinen Stuhl zurück und überlegte. Er war ein langsamer Denker.
»Wir können das ganze Geld, das eingegangen ist, nehmen und verduften«, schlug er vor, was Whitey mit einem verächtlichen Lachen quittierte.
»Sie sind mir so ein Finanzgenie!« piepste er. »Sie Theorienspekulant! Auf solche Gedanken käme nicht einmal ein vierzehnjähriges Kind! Verduften! Sobald Sie nur die geringsten Anzeichen machen zu verduften, gehen Sie hoch wie eine Rakete. Sie sind –«

»Nun hör schon auf, Whitey«, knurrte der schwere Mann, »ich bin es müde, dir zuzuhören.«
»Sie werden es noch viel müder werden«, ereiferte sich Whitey, »in Wormwood Scrubbs Ihre Strafe abzusitzen. – Nein, es gibt keinen Ausweg. Wir müssen diese Mine lokalisieren.«
»Wie?«
»Jemand muß wissen, wo sie ist. Die Schwester von Sutton zum Beispiel. Und ich könnte Gift darauf nehmen, daß Amber es ebenfalls weiß – und noch andere Leute –, aber sicher weiß es diese Schwester.«
Er brachte seine Lippen nahe an Lambaires Ohr.
»Es ist eine zweite Diamantenfluß-Gesellschaft gegründet worden«, flüsterte er, »aber mit dem richtigen Fluß. Wenn Sie ein Mann sind, Lambaire, haben wir das Spiel gewonnen.« Whitey fuhr etwas langsamer fort und tupfte bei jedem wichtigen Wort mit der Fingerspitze gegen Lambaires weiße Hemdenbrust, bis diese mit unregelmäßigen grauen Punkten besetzt war.
»Wenn wir zum Kolonialministerium gehen und sagen können: ›An dieser Stelle hier haben wir die Mine gefunden‹, und es ist zufällig die richtige Stelle, wie sie Ambers Gesellschaft angibt, dann sind wir in Führung und haben Amber ausgebootet.«
Allmählich begann es in Lambaires Kopf zu dämmern.
»Wir haben immer gesagt, daß wir die Mine gefunden haben«, fuhr Whitey fort. »Amber wird das gleiche sagen. Aber wir waren die ersten, verstehen Sie?«
»Nicht so ganz«, bekannte Lambaire.
»Natürlich nicht«, zischte Whitey. »Hören Sie zu: Wenn wir erklären, unsere Mine befinde sich dort und dort, wird sich das Kolonialministerium bei Amber erkundigen, ob es an der betreffenden Stelle tatsächlich eine Mine gibt, und Amber muß sagen: ›Ja – genau dort liegt meine Mine!‹ Aber was nützt ihm das? Wir sagen schon die ganze Zeit, wir hätten die Mine gefunden; Amber kommt erst jetzt damit. Aussage steht dann gegen Aussage – aber wir haben als erste Anspruch auf die Mine erhoben!«
Nun hatte auch Lambaire begriffen.
»Woher du das nur alles weißt?« staunte er.
»Amber ließ eine Bemerkung fallen, da packte ich den Stier bei den Hörnern und ging aufs Kolonialministerium. Ich kenne

dort jemanden – von ihm habe ich diesen Tip. Wir bekommen morgen einen Brief, in dem wir ersucht werden, genau zu beschreiben, wo unsere Mine liegt. Es gibt da scheint's so ein idiotisches Gesetz, wonach die Regierung alle Minenfunde bekanntgeben muß.«

»Das hatte ich vergessen«, gestand Lambaire.

»Sie haben es gar nie gewußt, also konnten Sie es auch nicht vergessen«, erklärte Whitey unsanft. »Ziehen Sie Ihren Festtagsstaat aus, und kommen Sie in einer Stunde zu mir in mein Hotel.«

Das kleine Hotel, das Whitey in London als Hauptquartier diente, lag in einer Seitenstraße zwischen Strand und Northumberland Avenue. Whiteys Suite bestand aus dem zweiten Stock, das heißt, er bewohnte drei kleine Zimmer. Von dem Moment, da Lambaire hineinging, bis er durch die Drehtür wieder herauskam, verstrichen ganze zwei Stunden. Die Besprechung verlief für beide Männer höchst befriedigend.

»Wir müssen aber vorsichtig sein«, lauteten Lambaires Abschiedsworte.

Whitey rümpfte die Nase, enthielt sich jedoch eines Kommentars.

»Ich begleite Sie bis – wo gehen Sie durch?« fragte er.

»Den Fluß entlang bis Westminster«, antwortete Lambaire.

Von Big Ben schlug es elf, als sie die Themse erreichten. Hellerleuchtete, vollbesetzte Straßenbahnen brachten Theaterbesucher nach Hause. Gelegentlich fuhr ein Taxi vorbei. Den Bürgersteig teilten sie mit ein paar schlurfenden Nachtschwärmern. Einer von ihnen kam greinend und schief auf sie zu.

»... paar Pence, Sir ... für 'n Nachtlager ... ge'n Hunger ...!«

Sie schenkten ihm keine Beachtung, doch der Mann folgte ihnen in seiner komischen, schiefen Haltung weiter nach. Whitey war ihm am nächsten, und als sie zu einer elektrischen Straßenlampe kamen, drehte er sich plötzlich um und packte den Bettler an der Jacke.

»Laß dich mal anschauen«, sagte er.

Für einen Menschen, der von Hunger geschwächt war, befreite sich der Vagabund mit einer erstaunlichen Heftigkeit. Whitey erhaschte einen Blick in sein Gesicht; es war kräftig, entschlossen und unrasiert.

»Das reicht, Chef«, knurrte der Mann, »nimm deine Hände weg.«
Whitey griff in die Tasche und brachte ein Fünfshillingstück zum Vorschein.
»Hier«, sagte er, »kauf dir dafür ein Bier und ein Bett, mein Junge.«
Mit einem gemurmelten Dank nahm der Bettler das Geldstück entgegen.
»Du wirst weichherzig«, meinte Lambaire sarkastisch.
»Stimmt«, antwortete Whitey leichthin, »ich habe lauter großzügige Anwandlungen. Haben Sie seine Visage gesehen?«
»Nein.«
Whitey lachte.
»Warum?«
»Ein Polizeispitzel – mehr nicht«, erklärte er. »Ein Mann namens Mardock von Scotland Yard.«
Lambaire wurde blaß.
»Was soll dieses Theater?« fragte er gereizt. »Was hat das zu bedeuten, Whitey? Es ist eine Gemeinheit, zwei Männern von unserem Stand nachzuspionieren.«
»Tun Sie nicht so«, schnauzte Whitey. »Sie wissen genau, daß Amber nichts unversucht läßt, um uns zu erwischen. Ein Grund mehr, sofort etwas zu unternehmen.«
Bei Westminster trennten sie sich, und Whitey ging den gleichen Weg zurück, den er gekommen war. Ein Taxi überholte ihn langsam, und er rief es herbei. Es war zwar niemand zu sehen, aber er wollte kein Risiko eingehen.
»Victoria«, sagte er. Als sie die Victoria Street halb unten waren, befahl er:
»Fahren Sie mich nach Kensington« und nannte eine Adresse. Bald darauf änderte er seine Meinung ein weiteres Mal und stieg aus. Dann nahm er die Straßenbahn, die ihn am Ende der East Lane absetzte, und von dort war es nur noch ein kurzes Stück zu Fuß bis an sein Ziel.
Whitey suchte einen Typ namens Coals.
Coals war Whitey und Lambaire schon früher zu Diensten gewesen und würde es auch weiterhin sein, wenn er nicht gestorben oder gerade im Knast war, sondern wie üblich in einer gewissen Spelunke. Kleine Verbrecher lieben feste Ge-

wohnheiten, was die Arbeit der Polizei beträchtlich vereinfacht. Whitey hatte Glück; Coals stand in seiner üblichen Ecke an der Bar, war noch erstaunlich nüchtern und folgte dem Jungen, der geschickt wurde, um ihn zu holen, unverzüglich.

Ängstlich trat er auf Whitey zu, der in einiger Entfernung gewartet hatte und einen respektablen Eindruck machte. »Ich dachte, Sie wären von der Polente«, sagte Coals, als sich der andere zu erkennen gab, »obwohl meines Wissens nichts gegen mich vorliegt.«

Er war ein großer, breitschultriger Mann mit unförmigem Kopf und ebensolchem Gesicht. Für seine Herkunft und seine Vergangenheit war er äußerst gesprächig.

»Wie läuft der Laden bei Ihnen, Sir?« plapperte er monoton und ohne Pause drauflos. »Ziemlich mies. Nirgends eine Arbeit. Es ist furchtbar schwierig, etwas zu finden. Ich hab in meinem Leben noch nie soviel Armut gesehen; ich weiß nicht, was aus diesem Land noch werden soll, wenn nicht bald etwas geschieht.«

Die Arbeitslosigkeit gehörte zu Coals' Lieblingsthemen; er lebte in der festen Überzeugung, ein Opfer der Wirtschaft zu sein. Fragte man ihn, wie es ihm gehe, antwortete Coals ohne Zögern:

»Keine Arbeit.«

»Coals«, schnitt ihm Whitey das Wort ab, »ich habe einen Job für Sie.«

Sie waren in Richtung Old Kent Road marschiert. Es ging auf halb eins, und bis auf ein paar verspätete Heimkehrer war die Straße leer.

Coals betrachtete Whitey mit einem mißtrauischen Blick.

»Ich bin Ihnen sehr verbunden, Mr. Whitey, Sir«, begann er, »und ich würde ihn gerne annehmen, wenn nur mein Bein etwas besser wäre, aber bei diesem nassen Wetter...«

»Diese Arbeit wird Ihnen gefallen«, erklärte Whitey, »hundert Pfund und kein großes Risiko.«

»Oh«, überlegte Coals, »aber doch nicht etwas, wofür man geschnappt wird?«

»Das hängt von Ihnen ab«, antwortete Whitey ziemlich grob, kramte in seiner Tasche und fand einen Sovereign.

»Ich werde in den nächsten zwei Tagen nach Ihnen schicken –

Sie können doch lesen, oder?«
»Ja, Gott sei Dank«, sagte Coals ausnahmsweise einmal in aufrichtigem Ton. »Man hat uns das beigebracht, und ich habe wirklich profitiert. Ich habe auch wegen guter Führung nie Strafpunkte kassiert.«
»Tatsächlich«, bemerkte Whitey ohne Begeisterung. Er mochte es nicht, wenn jemand mit seinen Zuchthausleistungen prahlte.
Whitey kehrte in sein Hotel zurück, aber nur, um einen Mantel zu holen, denn die Nacht war kühl. Ein paar Minuten später war er wieder auf der Straße. Diesmal ging er ostwärts, denn er hoffte, im Borough etwas zu erfahren.
Der Kaffeeausschank gleich an der Ecke des Durchgangs, wo Peters Haus stand, war von Mitternacht bis sieben Uhr früh geöffnet und hatte um eins herum Hochbetrieb. Whitey, der die Stadt genauestens kannte – wenn auch diese Kenntnis oft unter dem Zwang der Umstände erworben war –, trat erwartungsvoll an den Stand und wurde nicht enttäuscht.
Den Mantel bis unters Kinn zugeknöpft, bestellte er eine Tasse Kaffee und trat damit in den Kreis von Leuten, die in einigem Abstand das Becken mit den glühenden Kohlen umgaben. Schweigend hörte er ihren Gesprächen zu, vorwiegend harmlosem Klatsch. Wenn auch manche unter den Anwesenden mit den Gefängnissen Seiner Majestät vertraut waren, wurde dennoch nicht vom »Geschäft« gesprochen.
Die kriminellen Handlungen dieser kleinen Leute erreichten nie das Format eines sorgfältig geplanten Coups, sondern waren Zufallsverbrechen mit möglichst geringem Risiko.
So unterhielten sie sich denn darüber, daß Soundso etwas gegen seinen Husten tun und dieser und jener etwas höflicher sein sollte.
»Der alte Jim hat einen Job.«
»Und?«
»Wunderbar, nicht? Einen richtigen Job.«
»Hast du heute nacht die Feuerspritze gesehen?«
»Nein – wo?«
»Oben an der High Street. Zwei.«
»Wo gingen sie hin?«
»New Cut – oder so.«
»Wann?«

»Ungefähr um – wann war das nur, Charley?«
»Weiß nicht. Etwa um die Zeit, als der alte Mr. Musk verreiste.«
»Dann ist er also weg?«
»In einem Vierräder – gab Tom einen Shilling, damit er ihm die Vögel trug.«
»Guter Gott! Der alte Musk verreist... in einem Auto...«
»Aber nicht für immer.«
»Wohin eigentlich?«
Whitey, die Tasse am Mund, trat etwas näher an den Sprechenden.
»Nach Kent – Maidstone... wo sie Tüten kleben.«
(Oh, dieser unverbesserliche Peter! Mußte unbedingt damit aufschneiden!)
»Nein, nicht Maidstone – Were heißt der Ort.«
»Aber die Bahnstation ist Maidstone.«
Whitey trank seinen Kaffee aus und ging nach Hause.

19

Amber fand den Weg von Maidstone nach Rochester äußerst angenehm, und weder der graue Himmel noch der garstige Meerwind, der einem durch Mark und Bein ging, dämpften sein Vergnügen.
»Wir hätten einen Wagen nehmen sollen«, sagte Cynthia, die neben ihm herging und deren Gegenwart ihn alles andere vergessen ließ. »Ich fürchte, dieses Wetter –«
»Könnte für den armen Afrikareisenden ungesund sein«, beendete er den Satz für sie. »Peter hat mir darüber schon einen Vortrag gehalten. Es scheint, daß einer seiner Helden infolge eines plötzlichen Klimawechsels an Gehirnentzündung erkrankte – obwohl das nicht stimmen kann, denn Helden sind nicht wetterempfindlich.«
»Ich mag deinen Peter«, sagte sie nach einer Weile.
»Er ist ein komischer Vogel«, meinte Amber.
»Vater mag ihn auch«, fuhr sie fort und seufzte. »Glaubst du, daß er je wieder gesund wird?«
Amber überlegte sich die richtige Antwort so lange, bis sie

schließlich stehenblieb.
»Ich wollte, du würdest mir die Wahrheit sagen«, bat sie ihn ruhig.
»Das will ich ja gerade«, versprach er, »nur muß ich zuerst überlegen. – Ja, doch, ich glaube, er kommt wieder in Ordnung.«
»Und er ist nicht –« Sie ließ den Satz unbeendet.
»Nein, er ist nicht – verrückt, jedenfalls nicht, was man gemeinhin darunter versteht. Er leidet an einem Wahn – er ist so sehr von einem einzigen Erlebnis erfüllt, daß seither alles andere für ihn stillstand.«
»Er hat sein Gedächtnis verloren – und trotzdem erinnert er sich an mich und den Fluß der Sterne.«
Schweigend schritten sie weiter, jeder zu sehr mit seinen Gedanken beschäftigt, um noch zu sprechen.
Das Haus, das Cynthia gemietet hatte, stand etwas abseits der Straße. Ursprünglich ein Bauernhaus, war es im Laufe der Zeit durch eine Reihe begüterter Besitzer in einen bequemen kleinen Landsitz umgewandelt worden, der zusammen mit seinen vier Morgen Wald ein angenehmer Zufluchtsort war.
Francis Sutton saß mit einem Buch auf den Knien vor dem knisternden Kaminfeuer und blickte lächelnd hoch, als sie das Zimmer betraten.
Afrika hatte einen Mann aus ihm gemacht. Sein Gesicht war braun gebrannt und schmal, die knabenhaft runden Wangen waren verschwunden und ebenso jene gewisse Überheblichkeit, die Amber früher an ihm beobachtet hatte.
»Etwas Neues?« fragte er.
Amber hielt die Hände an das wärmende Feuer.
»Das Kolonialministerium wird morgen von Lambaire eine genaue Lagebeschreibung seiner Mine verlangen. Ich fürchte, der gute Lambaire dürfte einige Schwierigkeiten bekommen.«
»Das fürchte ich auch«, erklärte Sutton trocken. »Wie lange hat er Zeit?«
»Eine Woche, wenn er bis zum Ablauf dieser Frist keine präzisen Angaben macht, wird das Kolonialministerium seine Zweifel an der Rechtmäßigkeit von Lambaires Anspruch veröffentlichen.«
»Ein ungewöhnliches Verfahren«, bemerkte Francis Sutton.

»Eine ungewöhnliche Situation«, gab Amber zurück. »Wo ist Ihr Vater?«
»Draußen mit Ihrem Freund. Es war wirklich eine großartige Eingebung, uns diesen Freund – diesen Mr. Musk zu schicken.«
»Sie müssen ihn Peter nennen«, sagte Amber, stand auf und trat an die Fenstertür, die hinaus auf den Rasen führte.
»Peter unterhält den alten Herrn ununterbrochen«, fuhr Francis Sutton fort. »Er ist das reinste Romanlexikon.«
»Gehen wir zu ihnen«, schlug Amber vor.
Mit Hilfe eines Stocks illustrierte Peter gerade eine seiner Geschichten, und der gebeugte Mann mit dem zottigen Bart und dem zerfurchten Gesicht stand ernsthaft nickend daneben.
»Sir Claude«, erklärte Peter, »hielt hier die Brücke, während Sir Reginald dort über den Stadtgraben ging. Die Soldaten auf den Zinnen ließen einen Steinregen niederprasseln, und Lady Gwendoline verteidigte mit dem Schwert in der Hand den weißen Turm. Im gleichen Augenblick, als der mutige junge Mann seinen tapferen Bogenschützen voranstürmte, ertönte ein Ruf wie Donnerhall: ›Mit St. George und England!‹ – verstehen Sie, Mr. Sutton? Sie ahnten nicht, daß die Armee des Königs so nahe war.«
»Genau«, sagte der Forscher, »ganz genau, Mr. – eh – ich erinnere mich an eine ähnliche Situation, als wir '88 die Mashangonibis angriffen – ich – ich glaube, ich erinnere mich.«
Müde strich er sich mit der Hand über die Augen.
»Vater«, sprach ihn Francis freundlich an, »Hier ist unser Freund, Captain Grey.«
Mit einem Ruck drehte der Forscher sich um.
»Captain Grey?« wiederholte er fragend und reichte ihm die Hand. Eine schwache Erinnerung an Amber flackerte in seinem Gedächtnis auf.
»Ich fürchte, mein Sohn hat auf Sie geschossen!«
»Ist nicht der Rede wert, Sir«, wehrte Amber ab.
Die einzige Erinnerung, die der kranke Mann mit Amber verband, war jene dramatische Begegnung, obgleich sie sich seither fast täglich gesehen hatten. Ob bei der Begrüßung am Morgen oder zum Abschied am Abend, die Worte ›ich fürchte, mein Sohn hat auf Sie geschossen‹, bildeten Anfang und Ende ihres Gesprächs.

Langsam kehrten sie zum Haus zurück, Amber und Peter gingen hinter den andern her.
»Er ist schon etwas vernünftiger geworden«, erklärte Peter. »Ich glaube, seit zwei Tagen geht es ihm besser.«
»Und wie lange genießt er nun schon deine Gesellschaft?« fragte der andere.
»Seit vorgestern«, antwortete Peter ahnungslos.
Bei Tisch hatte Amber Gelegenheit, den alten Mann genau zu beobachten.
Den Jahren nach war er noch nicht alt, aber Afrika hatte sein Haar gebleicht und tiefe Falten in sein Gesicht gegraben.
Amber schätzte ihn ungefähr gleich alt wie Lambaire.
Er redete nur, wenn er angesprochen wurde. Die meiste Zeit saß er, in Gedanken versunken, schweigend da, den Kopf auf die Brust gesenkt, und trommelte mit den Fingern auf seine Knie.
Auf einem Gebiet jedoch war sein Verstand völlig klar – das war der Diamantenfluß.
Mitten in der allgemeinen Unterhaltung konnte es plötzlich geschehen, daß er hastig und ohne das übliche Zögern zu sprechen begann – und dann sprach er von Diamanten.
Amber erzählte gerade von seinem Besuch in London, als ihn der alte Mann unterbrach. Zuerst war seine Stimme kaum lauter als ein Flüstern, doch je länger er sprach, um so deutlicher wurde sie.
»... auf der Erde lagen ein paar Granate«, sagte er leise, wie zu sich selbst. »Und noch ein paar andere Hinweise ließen auf eine Diamantenader schließen ... die Beschaffenheit des Bodens ist ähnlich wie in Kimberley oder am Waal River ... blaues Gestein, eindeutig blau ... es war natürlich sehr überraschend, solche Hinweise an einem Ort zu entdecken, der weit von jener Stelle entfernt war, wo wir nach unseren Erkundigungen die Mine zu finden dachten.«
Niemand sagte etwas, als er eine Pause machte. Nach einer Weile fuhr er fort:
»Gerüchte über eine Fundstätte und die Steine, die ich gesehen hatte, führten mich zu der Annahme, daß die Mine gegen Nordwesten des großen Waldes liegen mußte, also mitten im Land, und nicht an der Grenze. Das zeigt die Ungewißheit solcher Forschungen ... Ungewißheit? ... Ungewißheit ist nicht

das richtige Wort, glaube ich ...«
Er legte die Hand über die Augen.
Sie warteten, aber er sagte nichts mehr. Das war das übliche Ende seiner Erzählungen. Er hatte ein Wort vergessen, zögerte, suchte nach einem besseren Ausdruck und verfiel darüber in erneutes Schweigen.
Das Gespräch wurde wieder allgemein, und kurze Zeit später zog sich Mr. Sutton auf sein Zimmer zurück.
»Es geht ihm besser«, sagte Amber erfreut, nachdem sich die Tür hinter der gebeugten Gestalt geschlossen hatte. »Wir kommen der Wahrheit über seine Entdeckung allmählich näher.«
Francis nickte.
»Man würde meinen, daß ich nach all den Monaten, die ich mit ihm allein im Wald verbracht habe, die Wahrheit kennen sollte. Aber während der ganzen Zeit, von dem Moment an, da er mich dort fand, wo mich diese reizenden Gauner zurückgelassen hatten, bis zu jener Nacht, als Sie uns entdeckten, hat er nie davon gesprochen.«
Amber wartete, bis sich Peter ebenfalls verabschiedet hatte, dann fragte er:
»Wann haben Sie eigentlich zum erstenmal gemerkt, daß er den Diamantenfluß gefunden hatte?«
Francis stopfte sich langsam eine Pfeife.
»Wann ich das gemerkt habe? Das weiß ich nicht mehr. Das erste, woran ich mich erinnere, ist, daß sich jemand über mich beugte und mir zu trinken gab. Wahrscheinlich gab er mir auch zu essen. Ich war damals furchtbar schwach, und als es mir etwas besser ging, sah ich von weitem zu, wie er im Flußbett herumkratzte.«
»Benahm er sich einigermaßen vernünftig?«
»Einigermaßen, obwohl es mir reichlich abstrus vorkam, als er mir einige Kiesel brachte und mich bat, gut darauf achtzugeben. Um ihm eine Freude zu machen, verknotete ich sie mit großem Getue in meinem Taschentuch, ohne auch nur einen Augenblick zu denken, es könnten Diamanten sein.«
»Und du hast während der ganzen Zeit gewußt, daß es Vater war?«
Die Frage kam von Cynthia, und Francis nickte.
»Ich weiß nicht, warum ich es wußte, aber ich wußte es«, sagte

er schlicht. »Dabei war ich noch ein Kind, als er wegging, und er sah anders aus, als ich ihn in Erinnerung hatte. Ich wollte ihn dazu überreden, an die Küste zu marschieren, aber er war nicht wegzubringen, und ich konnte nichts anderes tun, als zu warten und darauf zu hoffen, einen Eingeborenen zu erwischen und diesen mit einer Nachricht an die Küste zu schicken. Aber die Eingeborenen halten jenen Ort für verhext, und keiner kommt in seine Nähe, nicht einmal die Jäger. Und das Komische war ja«, schloß er nachdenklich, »daß ich diese Steinchen nie für etwas anderes hielt als für Kiesel.«

Er erhob sich aus seinem tiefen Sessel.

»Ich lasse euch zwei jetzt ein Weilchen allein – ihr findet mich in der Bibliothek.«

»Ich komme einen Augenblick mit, wenn du mich bitte entschuldigen willst«, sagte Amber, und Cynthia lächelte verständnisvoll.

»Sutton«, begann er, als die Tür der Bibliothek geschlossen war, »ich möchte, daß Sie mit dieser Subskriptionsanzeige sehr vorsichtig sind – Sie haben mein Telegramm doch erhalten?«

»Ja, Sie baten mich darin, den Text noch nicht in die Druckerei zu geben. Warum nicht?«

»Er enthält zu viele Angaben, die Lambaire von Nutzen sein könnten«, erklärte Amber. »Es stehen genau jene Dinge drin, für die er seinen Kopf hergeben würde.«

»Daran habe ich nicht gedacht«, gestand Sutton, »aber wie könnte er das von einer kleinen Dorfdruckerei erfahren?«

»Er nicht, aber Whitey. Heute oder morgen wird das Kolonialministerium Lambaire ersuchen, die Lage seiner Mine genau zu beschreiben – wir wollen sichergehen, daß er diese Angaben nicht ausgerechnet von uns erhält.«

»Ich verstehe«, sagte Sutton. »Ich mache jetzt eine Kopie von der Karte, die Sie gezeichnet haben, und morgen schicke ich alles ans Kolonialministerium.«

Amber kehrte ins Wohnzimmer zurück. Cynthia saß in der Ecke der Polsterbank, die neben dem Kamin stand.

»Ich muß ernsthaft mit dir sprechen«, erklärte er und setzte sich ihr gegenüber.

»Bitte nicht zu ernsthaft«, bat sie schelmisch.

Es folgten ein paar Minuten Schweigen, bevor er begann.

»Ich nehme an, du bist dir bewußt, daß du binnen einer Woche die Tochter eines sehr reichen Mannes sein wirst?«
Er konnte ihr Gesicht im Halbdunkel nicht genau sehen, aber ihm war, als lächelte sie.
»Bis jetzt bin ich mir dessen nicht bewußt gewesen«, antwortete sie ruhig, »aber du hast vermutlich recht. Und?«
»Und? Nichts und – nur daß ich selbst nicht besonders wohlhabend bin.«
Sie wartete, daß er weitersprach.
»Verstehst du?« half er schließlich nach. Nun lachte sie laut heraus.
»Ich verstehe, daß mein Vater sehr reich sein wird und du weniger reich bist. Muß ich sonst noch etwas verstehen?«
»Ich hasse Förmlichkeiten«, sagte er. »Ich komme mir dann vor wie einer von Peters Helden. Aber ich – ich möchte dich heiraten, und nun bist du plötzlich so entsetzlich reich geworden.«
Sie lachte erneut – es war das unbeschwerte Lachen eines jungen Mädchens.
»Komm und setz dich neben mich«, befahl sie. »Näher...«

»Geht ihr überhaupt nie schlafen?« fragte Francis von der Tür her. »Es ist schon elf vorbei, und Peter und ich langweilen uns gegenseitig.«
Er trat zum Kamin und stocherte im Feuer.
»Das Feuer habt ihr auch ausgehen lassen.«
Cynthia erhob sich schuldbewußt.
»Ich fürchte«, stammelte sie, »Captain Grey – wir –«
»Ich fürchte auch«, lächelte ihr Bruder und küßte sie. »Sag Amber gute Nacht; Vater schläft schon.«
Sie hörten ihre Röcke rauschen, als sie durch den Flur zur Treppe ging.
»Sie haben sich mit Peter unterhalten?« fragte Amber. »Ich dachte, Sie wären in der Bibliothek und arbeiteten.«
»Damit bin ich längst fertig. Was denken Sie, wie lange ihr gequatscht habt?«
Amber schwieg sich diskret darüber aus.
»Dieser Peter ist wirklich ein Unikum«, lachte Sutton. »In dem kleinen Zimmer, das wir ihm gaben, sieht es aus wie bei einem

Zeitungshändler, der sich auf Schundliteratur spezialisiert hat.«
»Nur keine voreiligen Schlüsse – dieser Schund –«
Im Flur waren eilige Schritte zu hören, die Tür ging auf, und Cynthia kam herein.
Amber schoß in die Höhe.
»Was ist?«
»Vater ist nicht in seinem Zimmer«, sagte sie atemlos. »Ich wollte ihm gute Nacht sagen, aber er ist nicht im Bett.«
Alle drei sahen sich an.
»Dann ist er vermutlich im Garten«, meinte Francis. »Er hat das mehrmals getan, obschon ich ihn gebeten habe, nicht allein hinauszugehen.«
Er ging in den Flur und holte eine Stablampe. Amber zog die Vorhänge vor der Fenstertür zurück und trat hinaus.
Cynthia schlug sich einen Schal um die Schultern und folgte ihm.
»In der Bibliothek ist noch eine zweite Lampe, Amber«, sagte Francis. Amber holte sie, löschte das Licht und ging den beiden andern nach.
Die Runde durch den Garten war bald gemacht, aber von Sutton war nichts zu sehen. An der entfernten Seite des Gartens befand sich eine kleine Pforte, die auf einen Weg hinausführte, der die Hauptstraße mit der Nigerhill Road verband. Amber unterdrückte einen Fluch. Die Pforte stand weit offen, und im Schein ihrer Lampen flatterte etwas Weißes daran.
Eine halbe Seite Notizpapier war mit einem Reißnagel festgesteckt. Amber hob die Lampe und las:
»Sie haben ihn in den Steinbruch gebracht. Nach dem Gartentor rechts die Straße zum Hügel. Macht schnell, wenn ihr ihn retten wollt.

Ein Freund«

»Einen Augenblick.«
Amber hielt Francis am Arm zurück.
»Wir dürfen keine Zeit verlieren«, rief Francis ärgerlich, »sonst ist es womöglich zu spät.«
»Warten Sie«, befahl Amber scharf.
Er ließ den Schein der Lampe über den Boden gleiten. Es war weicher Lehm. Amber sah Fußabdrücke; von wie vielen

Personen, konnte er nicht erkennen. Dann trat er hinaus auf den Weg. Auch hier war der Boden weich. In der Mitte aber wuchs Gras. Wer immer diesen Weg gegangen war, war zufällig oder mit Absicht auf dem Gras gegangen, denn der Lehm wies keine frischen Abdrücke auf.

»Kommen Sie!« Francis Sutton eilte voraus, Amber und Cynthia folgten ihm.

»Haben Sie eine Waffe?«

Als Antwort zog Francis einen Revolver aus der Tasche.

»Hattest du das erwartet?« fragte Cynthia an Ambers Seite.

»Etwas Ähnliches«, lautete die Antwort. »Bis diese Sache erledigt ist, bestehe ich jedenfalls darauf, daß er eine Waffe bei sich hat – ich kenne Whitey.«

Francis wartete weiter oben, bis sie aufgeschlossen hatten.

»Ich sehe nirgends irgendwelche Fußabdrücke«, sagte er, »und diese Mitteilung macht mir Sorgen.«

»Was diesen Zettel betrifft, so bin ich mehr verwundert als besorgt. Hoppla, was ist denn das?«

Mitten auf dem Weg lag etwas Schwarzes. Francis rannte hin und hob es auf.

»Ein Hut«, sagte er. »Himmel, Amber, es ist Vaters Hut.«

»Oh!« sagte Amber nur und blieb stehen.

Sekundenlang standen alle drei still.

»Ich gehe zurück«, erklärte Amber.

Sie starrten ihn an.

»Aber«, sagte Cynthia verwirrt, »aber – du gibst die Suche doch nicht auf?«

»Vertrau mir«, bat er sanft. »Sie, Sutton, gehen weiter. Ein kleines Stück weiter oben stehen ein paar Arbeiterhäuschen. Klopfen Sie jemanden raus und bitten Sie um Hilfe. Vielleicht ist es die richtige Spur – wahrscheinlich aber nicht. Für Cynthia jedenfalls ist es weniger gefährlich, wenn Sie mit Ihnen geht, als wenn sie mit mir kommt.«

Ohne ein weiteres Wort rannte er in großen Sätzen den Weg zurück, den sie soeben gekommen waren.

Sie sahen ihm nach, bis er verschwunden war.

»Ich verstehe nicht«, murmelte Francis. Cynthia sagte nichts. Mechanisch ging sie an der Seite ihres Bruders weiter.

Sie waren noch nicht bis zu den Arbeiterhäuschen gekommen,

als nach einer scharfen Wegbiegung eine dunkle Gestalt vor ihnen stand.
Francis zückte den Revolver und leuchtete mit der Lampe.
Cynthia atmete erleichtert auf: Die dunkle Gestalt war ein Polizist.
»Nein, Sir«, gab er auf Francis' Frage zur Antwort, »hier ist niemand vorbeigekommen.«
»Vor ungefähr einer Viertelstunde?« vergewisserte sich Francis.
»Auch nicht während der letzten vier Stunden«, erklärte der Mann. »Ich dachte einmal, ich würde weiter unten Schritte hören, aber das war vor fast einer Stunde – und vorbeigekommen ist niemand.«
Er war beauftragt, nach Wilddieben Ausschau zu halten, und hatte sich seit sieben Uhr nicht von der Stelle gerührt – nun war es längst nach elf.
Francis erklärte ihm kurz, worum es ging.
»Also«, sagte der Mann bedächtig, »hier sind sie nicht durchgekommen – und es ist der einzige Weg, der zum Steinbruch führt. Das sieht mir eher nach einer Finte aus. Wenn Sie warten, hole ich mein Fahrrad dort hinter der Hecke und gehe mit Ihnen zurück.«
Auf dem Rückweg berichtete ihm Francis weitere Einzelheiten.
»Das ist eine Finte«, erklärte der Polizist überzeugt. »Wie kämen sie sonst dazu, Ihnen mitzuteilen, wohin sie gingen? Ich glaube nicht, daß Sie bei dieser Bande einen Freund haben, Sir.«
Nun begriff Francis, warum Amber plötzlich zurückkehren wollte.
Der Weg führte bergab, und schon nach zehn Minuten kam das Haus in Sicht.
»Ich denke, Peter –«, begann Francis.
Päng! – Päng!
Zwei Pistolenschüsse knallten durch die stille Nacht.
Päng-pang-päng!
Der Polizist schwang sich auf sein Fahrrad.
»Hier!«
Francis drückte ihm seinen Revolver in die Hand.
Der Beamte raste den Hügel hinab, und die beiden Geschwister rannten hinterher.
Es waren keine weiteren Schüsse mehr zu hören, und als sie

außer Atem bei der Gartenpforte anlangten, fanden sie Amber und den Polizisten in einer hastigen Besprechung.
»Es ist alles in Ordnung«, sagte Amber. Seine Stimme klang erleichtert.
»Und was ist mit Vater«, keuchte Cynthia.
»Er ist in seinem Zimmer. Ich fand ihn geknebelt und gefesselt im Geräteschuppen am andern Ende des Gartens.«
Er ergriff ihren zitternden Arm und führte sie ins Haus.
»Er wollte einen kleinen Spaziergang machen, als sie sich auf ihn stürzten. Nein, verletzt ist er nicht. Es waren drei.«
»Und wo sind sie jetzt?« fragte Francis.
»Fort. Sie hatten am Ende des Weges einen Wagen stehen. Der Polizist fährt ihnen nach und hofft, daß sie steckenbleiben.«
Er ging ihnen voran ins Wohnzimmer.
»Peter ist bei eurem Vater. Komm, setz dich« – Cynthia war blaß –, »ich werde euch alles erzählen. Mir kam dieser Zettel am Gartentor von Anfang an komisch vor. Und als ich keine Fußspuren sah, die diese Entführungsgeschichte bestätigt hätten, wurde ich immer mißtrauischer. Plötzlich ging mir auf, daß das Ganze ein Trick war, um uns aus dem Haus zu locken, damit sie euren Vater in aller Ruhe wegbringen konnten.
Sobald ich zurück war, durchsuchte ich nochmals den ganzen Garten und kam dabei auch an diesem Schuppen vorbei. Darin lag euer Vater auf einem Holzstoß, geknebelt und gefesselt. Ich hatte ihn noch kaum befreit, als ich draußen Schritte hörte. Drei Männer gingen über den Rasen auf die kleine Pforte zu. Es war zu dunkel, als daß ich sie hätte erkennen können, aber ich rannte hinaus und befahl ihnen stehenzubleiben.«
»Wir hörten Schüsse«, sagte Cynthia.
»Das war ihre Antwort. Ich rannte ihnen nach bis zur Straße. Da schossen sie erneut, und ich schoß zurück. Vermutlich habe ich einen von ihnen verletzt.«
»Aber du bist doch nicht verletzt worden?« fragte sie besorgt.
»Ich habe nicht ein Kratzerchen«, lachte Amber vergnügt.
»Aber ich verstehe immer noch nicht«, sagte Francis. »Was wollen denn diese Kerle von unserem alten Herrn?«
Amber zuckte die Achseln.
»Das übersteigt meine –«
Er hielt plötzlich inne. »Schauen wir mal in die Bibliothek«,

sagte er und ging ihnen voran.
»Ich dachte doch, ich hätte das Licht ausgemacht«, wunderte er sich.
Die Gasflamme flackerte im Durchzug wie toll. Das Fenster stand sperrangelweit offen – desgleichen die Tür des Safes, die traurig in einer einzigen Angel hing.
Amber ließ ein Pfeifen hören.
»Deshalb also lockten sie uns aus dem Haus«, sagte er leise. »Das ist Whiteys Werk – kein schlechtes Stück.«

20

»Ich wollte, Sie nähmen mich mit«, bat Francis Sutton, aber Amber schüttelte den Kopf.
»Sie bleiben hier.«
Er trug einen dicken Reisemantel und hatte eine Tweedmütze in die Stirn gezogen. Cynthia hatte ihm Tee gekocht und etwas zu essen gemacht.
Er schaute auf die Uhr.
»Ein Uhr – und hier ist der Wagen.«
»Ich fürchte, ich habe mich etwas verspätet, Sir«, entschuldigte sich der Polizist und hob sein Fahrrad vom Rücksitz. »Aber ich hatte einige Schwierigkeiten, die Leute aufzutreiben, und mein Rapport auf dem Revier dauerte auch länger, als ich dachte. Wir haben ans Hauptquartier telegrafiert – die wichtigsten Zufahrtsstraßen nach London werden überwacht.«
»Es ist möglicherweise schon zu spät«, befürchtete Amber, »obwohl sie die Fahrt in weniger als anderthalb Stunden kaum schaffen konnten.«
Nach einem raschen Abschied von Cynthia nahm er neben dem Fahrer Platz.
Es war ein schneller Wagen, und die Fahrt verlief ohne Zwischenfälle. Erst als sie in die Außenbezirke von London kamen, wurden sie angehalten.
Amber wies sich aus und erkundigte sich bei den beiden Polizisten, ob man von dem anderen Wagen etwas gesehen habe.

»Nein, Sir«, antwortete der Sergeant. »Es ist zwar ein Wagen mit vier Personen durch den Blackwall Tunnel gekommen – aber das war noch bevor wir den Auftrag erhielten, die Zufahrtsstraßen zu kontrollieren. Nach der Beschreibung, die Sie durchgaben, könnten es die Leute gewesen sein, die Sie suchen.«
Amber hatte eine genaue Beschreibung von Whitey mitgeliefert.
Er dankte dem Sergeant, und sie setzten die Fahrt fort. Amber hatte schon früher ausfindig gemacht, wo Lambaire und sein Kompagnon eventuell zu finden waren, und um halb vier fuhr sein Wagen vor Whiteys Hotel vor.
»Am Ende der Northumberland Avenue gibt es einen Kaffeeausschank«, sagte er zum Fahrer. »Lassen Sie sich etwas zu essen geben, und warten Sie dort in der Nähe auf mich.«
Die Straße war leer, und das Hotel totenstill. Es hatte weder im Laufe der Nacht noch tags zuvor geregnet, und das Pflaster war trocken. Mit seiner Taschenlampe leuchtete Amber die Steinstufen ab, die zum Hotel führten. Nichts wies darauf hin, daß jemand mit Lehm an den Schuhen hier angekommen war.
Er drückte auf die Klingel, und zu seiner Überraschung wurde die Tür fast unverzüglich geöffnet. Das hier Dienst tuende Exemplar der Spezies Nachtportier, für gewöhnlich träge und schlafsüchtige Figuren, war wach und behende.
Aber es war ganz offensichtlich nicht Amber, den er erwartet hatte, und er stellte sich sperrend in den Eingang.
»Bitte, Sir?« fragte er unfreundlich.
»Ich möchte ein Zimmer für diese Nacht«, sagte Amber. »Ich komme vom Kontinent.«
»Sie sind spät dran, Sir«, sagte der Mann mißtrauisch. »Der Zug vom Kontinent kam pünktlich um elf.«
»Oh, ich bin über Newhaven gekommen«, erwiderte Amber unbekümmert und verließ sich darauf, daß der Portier mit dieser Route nicht vertraut war.
»Ich weiß nicht, ob noch etwas frei ist«, zögerte der Mann. »Haben Sie Gepäck?«
»Ich habe es am Bahnhof gelassen.«
Amber griff in die Brusttasche und zog ein Bündel Banknoten hervor. Er entnahm ihm einen Schein und reichte ihn dem Portier.

»Lassen Sie mich nicht die ganze Nacht hier draußen stehen, mein Freund«, bat er gut gelaunt. »Nehmen sie diese fünf Pfund als Anzahlung, und behalten Sie davon zwanzig Shilling für Ihre Mühe.«
Das Verhalten des anderen änderte sich augenblicklich.
»Sie müssen verstehen, Sir«, erklärte er und ging eine schmale Treppe voran, »ich muß natürlich –«
»Ich verstehe das sehr gut«, unterbrach ihn Amber. »Wo bringen Sie mich unter – im zweiten Stock?«
»Der zweite Stock ist besetzt, Sir. Eigentlich hatte ich einen anderen Herrn und seinen Freund erwartet, als Sie klingelten.«
»Nachtvögel, wie?« lachte Amber.
»Er war heute nacht schon mal da, ungefähr vor einer Stunde, aber dann mußte er geschäftlich noch einmal weg.«
Im dritten Stock wurde Amber in das große Vorderzimmer geführt. Daß ein solches Zimmer leer stand, sagte ihm, daß er den ganzen Stock für sich allein hatte.
Der Portier zündete Feuer im Kamin an.
»Wünschen Sie noch etwas, Sir?«
»Nein, danke.«
Amber folgte ihm auf den Flur hinaus und blieb dort stehen, während der Mann die Treppe hinunterging. Durch das Verhalten seines Gastes irritiert, drehte er sich auf halbem Weg um.
»Möchten Sie nicht doch noch etwas, Sir – eine Tasse Tee oder so?«
»Nein, danke«, wiederholte Amber und begann langsam seinen Mantel auszuziehen.
Leicht verwundert ging der Portier weiter.
Etwas wollte Amber ganz dringend, aber das konnte er dem Portier nicht sagen. Er wollte sich vergewissern, daß die Treppenstufen nicht knarrten.
Er wartete, bis er die Pantoffeln des Portiers über die Fliesen der Eingangshalle schlurfen hörte.
Jetzt durfte er keine Zeit mehr verlieren. Er schlüpfte aus den Schuhen und stieg ohne ein Geräusch in den zweiten Stock hinunter.
Es gab drei Zimmer, und er nahm an, daß sie Verbindungstüren besaßen. Eines der Zimmer war zugesperrt, die beiden anderen waren offen. Das erste war ein gewöhnliches Wohnzimmer.

Von hier gelangte man in ein kleines Schlafzimmer.
Nach der Rasiergarnitur auf der Waschkommode und dem Inhalt des Kleiderschranks zu schließen, mußte es Whiteys Schlafzimmer sein. Von hier aus führte eine Tür ins Vorderzimmer, aber diese war abgesperrt.
Er schlich sich auf den Flur hinaus und lauschte.
Es war nichts zu hören außer einem entfernten Pfeifen, das die Anwesenheit des Portiers in einem andern Teil des Hauses anzeigte, vermutlich im Erdgeschoß.
Die Tür zum Flur hin aufzuschließen konnte ihn verraten, und so beschloß Amber, die Verbindungstür zu öffnen.
Es steckte ein Schlüssel im Schloß.
Amber zog ein flaches Etui aus der Brusttasche und öffnete es. Es enthielt lauter kleine Werkzeuge. Er wählte eine Zange und faßte damit das Schlüsselende. Es war eine eigenartig geformte Zange mit rechtwinklig abgebogenem Griff, was eine größere Hebelwirkung erzeugte.
Vorsichtig drehte er das Schlüsselende.
Schnapp!
Die Tür war aufgeschlossen.
Er trat ein weiteres Mal auf den Flur hinaus, um zu lauschen.
Alles war still.
Dann steckte er seine Werkzeuge wieder weg und öffnete die Tür. Das Zimmer mochte ursprünglich ein Schlafzimmer gewesen sein. In der Mitte stand ein großer Tisch, auf dem Zeitungen lagen. Amber besah sich die Daten und lächelte – sie waren zwei Tage alt. Er wußte, daß Whitey ein leidenschaftlicher Zeitungsleser war. Demnach hatte er das Zimmer seit zwei Tagen nicht benützt. Daneben lagen ein halbes Dutzend Briefe; er las die Stempel und sah seine Vermutung bestätigt – die letzten mußten vor zwei Tagen angekommen sein.
Obwohl das Zimmer bequem möbliert war, gab es wenig Orte, wo die gestohlenen Papiere verborgen sein konnten. Amber untersuchte jeden einzelnen und inspizierte auch den Inhalt einer Kassette, die merkwürdigerweise unverschlossen war.
Whitey mußte die Unterlagen bei sich haben. Amber hatte auch kaum erwartet, sie mit solcher Leichtigkeit zu finden. Er hatte die Ecken des Kaminvorlegers hochgehoben und war gerade dabei, einen Stapel alter Zeitungen durchzusehen, als er auf der

Straße draußen Schritte hörte.
Sie kamen die Straße herunter – vor dem Hotel hielten sie an. Er hörte von weitem ein Klingeln, und binnen einer Sekunde hatte er das Zimmer verlassen. Er nahm sich nicht die Mühe, die Tür wieder abzusperren, sondern zog sie lediglich ins Schloß.
In der Halle unten war Stimmengemurmel, als der Portier mit den Ankömmlingen sprach, und Amber floh eilig in den oberen Stock, als er Schritte die Treppe heraufkommen hörte.
Es waren Whitey und Lambaire. Er erkannte das zischende Flüstern des einen und das Brummen des andern.
Whitey schloß die Tür zum Vorderzimmer auf und trat ein. Lambaire folgte nach. Amber hörte das Anschlagen des Riegels, als Whitey hinter seinem Besucher absperrte.
Er hatte die ganze Zeit auf dem oberen Treppenabsatz gestanden, und als alles still war, schlich er sich wieder hinunter.
Geräuschlos öffnete er die Schlafzimmertür und machte sie ebenso geräuschlos wieder hinter sich zu.
Die Verbindungstür war von der üblichen Qualität, und obgleich die beiden Männer leise sprachen, konnte er einigermaßen mitbekommen, was sie sagten.
»... ich war überrascht... der Alte... dachte, er wäre tot...« Das war Whitey. »... unverhofft im Garten zu sehen... fürchterlich erschrocken...«
Ein erstauntes Brummen von Lambaire.
Amber preßte sich näher an die Tür. Es dauerte eine Weile, bis er sein Ohr daran gewöhnt hatte, jedes Wort zu verstehen. »Jetzt heißt es rasch handeln«, hörte er wieder Whiteys Stimme.
»Coals ist nicht in Gefahr?« fragte Lambaire.
»Nein – nur eine kleine Verletzung am Bein... dieses Schwein von Amber...«
Amber grinste in die Dunkelheit.
»Hier ist die Subskriptionsanzeige, die sie vorbereitet haben.« Durch die Tür drang das Rascheln von Papier, dann lange nichts. Die Männer waren anscheinend dabei, den Text zu lesen.
»Mm-m!« ließ Lambaire ein zufriedenes Grunzen hören. »Ich denke, das ist alles, was wir brauchen – wir müssen sofort eine Kopie davon machen. Damit sollte es nicht mehr schwierig sein, die Mine zu lokalisieren... oh, da ist ja sogar eine Karte...«

Erneute Pause.
Amber mußte etwas unternehmen, und zwar schnell. Die beiden erfuhren Dinge, die ihnen erlaubten, die Lage der Mine zu beschreiben, selbst wenn sie keine Kopie von der beiliegenden Karte machten.
Aus dem gedämpften Ton ihrer Stimmen war zu schließen, daß sie mit dem Rücken zu der Tür saßen, hinter der er lauschte.
»Wir müssen diese Zeichnung mit einer größeren Karte vergleichen«, sagte Whitey. »Ich kann die verschiedenen Orte nicht alle erkennen – sie sind mit den einheimischen Namen bezeichnet.«
»Ich habe in meinem Zimmer eine ausgezeichnete Karte«, erklärte Lambaire. »Wie wär's, wenn du mit dem ganzen Zeug zu mir kommen würdest? Es ist nicht so wichtig, daß wir diese Karte hier kopieren, wir müssen nur haargenau wissen, an welcher Stelle die Mine liegt.«
»Das stimmt«, pflichtete Whitey zögernd bei. »Und zwar sollten wir das gleich herausbekommen. Amber wird Verdacht schöpfen, und morgen dürfen wir keine Zeit verlieren.«
Er faltete die Unterlagen zusammen und steckte sie in einen großen Umschlag. Dann überlegte er.
»Lammie«, begann er, »haben Sie nicht gehört, wie der Portier sagte, es sei spät nachts noch ein Gast angekommen?«
»Ja, aber das ist nicht ungewöhnlich, oder?«
»Es ist sogar verdammt ungewöhnlich.«
»Du glaubst doch nicht –«
»Ich weiß nicht, aber es macht mich nervös. Dieser Gast will mir nicht aus dem Sinn. Ich geh mal nach oben und schau mir seine Schuhe an.«
»Warum.«
»Fragen Sie nicht so dumm«, schnarrte Whitey. »Gäste stellen bekanntlich ihre Schuhe vor die Zimmertür. Und Schuhe können sehr aufschlußreich sein.«
Er reichte Lambaire den Umschlag mit den gestohlenen Papieren.
»Halten Sie das, und warten Sie hier. Ich bin gleich wieder da.«
Er schloß die Tür auf und stieg vorsichtig die Treppe hinauf. Lambaire wartete.
»Lambaire«, flüsterte eine Stimme von der Tür her.

»Ja.«
»Geben Sie den Umschlag, schnell!«
Die Tür war spaltbreit geöffnet, und eine Hand war gierig hereingestreckt.
»Bleiben Sie, wo sie sind – und geben Sie mir den Umschlag.«
Lambaire gehorchte. Die Hand packte den Umschlag, eine andere schloß blitzschnell die Tür, dann war es still.
»Was zum Teufel soll das?« murmelte Lambaire verwirrt. Er spürte, wie er blaß wurde. Die Stimme hatte nach drohender Gefahr geklungen. Er wartete aufgeregt und voller Angst. Dann hörte er schnelle Schritte die Treppe herunterkommen, und Whitey stürmte ins Zimmer.
»Niemand dort«, verkündete er atemlos. »Ein Paar schmutzige Schuhe und ein Herrenmantel – es ist Amber.«
»Amber!«
»Er ist uns nachgegangen – machen wir, daß wir hier fortkommen. Geben Sie mir den Umschlag.«
Lambaire wurde weiß.
»Den habe ich dir doch gegeben«, stammelte er.
»Sie lügen!« Whitey bebte vor Zorn. »Sie haben mir nichts gegeben! Geben Sie mir diesen Umschlag!«
»Ich habe ihn dir wirklich gegeben«, antwortete Lambaire fast weinerlich. »Du bist kaum aus dem Zimmer gewesen, als du wieder zurückgekommen bist und ihn verlangt hast.«
»Bin ich hereingekommen – schnell!«
»Nein, nein.« Die Verzweiflung des großen Mannes war mitleiderregend. »Du hast nur die Hand hereingestreckt und geflüstert.«
»Amber!« heulte Whitey und brach in eine Lawine von Flüchen aus. »Kommen Sie, Sie Dummkopf, er kann noch nicht sehr weit sein.«
Er stürzte die Treppe hinunter und Lambaire hinter ihm her. Die Hotelhalle war leer, die Tür nur angelehnt.
»Dort ist er!«
Im Licht einer Straßenlampe sahen sie eine fliehende Gestalt und nahmen die Verfolgung auf.
Es waren nicht viele Leute auf der Straße, als ein Mann in bloßen Socken die Northumberland Avenue zum Kai hinunterrannte.
»Haltet den Dieb!« brüllte Whitey.

Der Wagen stand weiter unten, als Amber erwartet hatte, aber im Eilschritt war er leicht zu erreichen.
»Haltet den Dieb!« schrie Whitey erneut.
Gerade als Amber beim Auto anlangte, erschien aus dem Nichts ein Polizist.
»Halt!« rief er und packte Amber am Arm.
Im nächsten Augenblick hatten die beiden Verfolger sie eingeholt.
»Dieser Mann hat etwas gestohlen, das mir gehört«, sagte Whitey, und seine Stimme zitterte vor Anstrengung.
»Sie befinden sich im Irrtum.« Amber war entschieden höflicher und weniger verlegen als jeder ertappte Dieb.
»Durchsuchen Sie ihn – durchsuchen Sie ihn sofort!« wütete Whitey.
Amber lachte.
»Ein Polizeibeamter darf niemanden auf der Straße durchsuchen, mein Lieber. Sie besitzen wohl überhaupt keine Rechtskenntnisse?«
Wie aus dem Boden gestampft, hatte sich plötzlich eine kleine Gruppe Nachtschwärmer angesammelt. Dann eilten auch noch zwei weitere Polizisten herbei. Amber lächelte innerlich: Alles lief wie gewünscht.
»Sie erheben also Klage gegen diesen Herrn«, konstatierte der Beamte.
»Ich will mein Eigentum zurück«, schäumte Whitey. »Er ist ein Dieb – sehen Sie ihn doch nur an! Er rennt in bloßen Socken herum! Geben Sie mir meinen Umschlag zurück...«
Die beiden Polizisten, die dazugekommen waren, bahnten sich mit den Ellbogen einen Weg durch die Umstehenden, und Whitey fühlte sich plötzlich hundeelend.
»Ich bin bereit, aufs Revier zu kommen«, erklärte Amber, »und dort werde ich meinerseits diese beiden Herren des Einbruchs bezichtigen.«
»Nehmen Sie ihn mit«, sagte Whitey, »mein Freund und ich kommen nach.«
»Wir nehmen den Wagen«, schlug Amber vor, »aber ich bestehe darauf, daß diese zwei Herren mit uns fahren.«
Damit hatte Whitey nicht gerechnet. Sie saßen in der Falle, wenn sie nicht durch ein Wunder befreit wurden.

»Wir gehen nur schnell ins Hotel zurück und holen unsere Mäntel«, erklärte er lässig.
Ein solcher Wunsch war verständlich, und der Beamte zögerte.
»Ihr beide begleitet sie«, befahl er seinen Kollegen, und zu Amber gewandt: »Sie kommen mit mir. Mir scheint, ich kenne Sie.«
»Das will ich meinen«, sagte Amber und stieg ein. »Und wenn diese beiden Rindviecher auch nur einen von den Kerlen entwischen lassen, werden Sie mich noch besser kennenlernen, als Ihnen lieb ist.«

21

»...und«, schloß der Inspektor wütend, »wenn Sie auch nur einen blassen Schimmer von den Aufgaben eines Beamten hätten, dann hätten Sie die beiden mitgebracht.«
»Ich weiß nicht, Inspektor«, wandte Amber begütigend ein, »ob ich als Polizist anders gehandelt hätte. Ein Dieb in bloßen Socken – auf der anderen Seite zwei respektable Herren ... Was hätten Sie in diesem Fall getan?«
Der Inspektor grinste.
»Die Socken hätten mich wahrscheinlich überzeugt.«
Amber reagierte auf den dankbaren Blick des Beamten mit einem Zwinkern.
»Ich glaube, es hat keinen Sinn, daß wir länger hier warten«, meinte er dann. »Unsere beiden Freunde sind ihren Begleitern entwischt. Das Hotel hat einen Hinterausgang, den sie wahrscheinlich benutzt haben.«
Ein Bote hatte Ambers Schuhe und Mantel gebracht, und er machte sich zum Gehen bereit.
»Ich werde dem Yard die nötigen Unterlagen zustellen«, sagte er, »es ist Zeit, daß wir endlich reinen Tisch machen. Selbst ohne ihre letzte Eskapade weiß ich nachgerade genug über die beiden, um ihnen das Handwerk zu legen. Ihre jahrelangen raffinierten Betrügereien sind schon schlimm genug. Die Verbreitung und möglicherweise Herstellung von Falschgeld wird in den Augen der Geschworenen vermutlich noch schwerer

wiegen.«
Er hatte einen Wagen nach Maidstone geschickt, und am Morgen trafen Francis und Cynthia Sutton ein. Er erzählte ihnen kurz, was in der Nacht noch passiert war.
»Nun machen wir aber Schluß mit ihnen«, gab er bekannt. »Heute früh wird ein Haftbefehl gegen sie erlassen, und mit etwas Glück haben wir sie bis zum Abend erwischt.«

Lambaire und Whitey hatten in Lambaires Hotel in Bloomsbury vorübergehend Zuflucht gefunden. Wie immer in Krisenmomenten hatte Whitey die Führung übernommen.
Er fand in der City einen Laden, der schon früh am Morgen geöffnet war, und kaufte dort Koffer für die bevorstehende Reise. In einem andern Geschäft deckte er sich mit der nötigsten Garderobe ein, denn er getraute sich nicht, in sein Hotel zurückzukehren, um sein Gepäck zu holen.
Lambaire war zu nichts zu gebrauchen. Er saß im Hotelzimmer, kaute an den Nägeln und fluchte.
»Es nützt nichts zu fluchen«, sagte Whitey. »Es ist nun mal so. Wir sind *peleli*, wie die Kaffer sagen, erledigt. Holen Sie jetzt Ihr Scheckheft.«
»Können wir den Knoten nicht durchhauen? Frech wie Oskar? Einen Bluff aufziehen?«
»Durchhauen?« schnaubte Whitey, »Sie sind mir gerade der Richtige zum Durchhauen! Sie und Geschworene bluffen! Wo ist Ihr Kontoauszug?«
Lambaire holte ihn widerwillig, und Whitey warf einen prüfenden Blick darauf.
»Sechstausenddreihundert«, verkündete er mit Behagen, »ein hübsches Sümmchen. Wir heben alles ab bis auf hundert.«
Er nahm das Scheckheft und schrieb in seiner eckigen Schrift, dem Überbringer sei die Summe von sechstausendzweihundert Pfund auszuzahlen. Dann schob er Lambaire das Scheckheft hin. Der andere zögerte – und unterschrieb.
»Augenblick«, knurrte Lambaire, als Whitey nach dem Scheck griff. »Wer holt das Geld?«
»Ich«, sagte Whitey.
Lambaire sah ihn fragend an. »Und warum nicht ich? Man kennt mich auf der Bank.«

Whitey gab sich empört. »Habe ich Ihnen nicht immer vertraut?«
»Das ist ein namhafter Betrag«, beharrte Lambaire.
Mit Mühe meisterte Whitey seinen Zorn.
»Dann gehen Sie«, sagte er. »Ich habe keine Angst, daß Sie wegrennen – aber gehen Sie schnell, die Banken öffnen schon.«
»Ich habe – ich wollte dich nicht verdächtigen, Whitey«, erklärte Lambaire übertrieben freundlich, »aber Geschäft ist Geschäft.«
»Schwatzen Sie nicht – gehen Sie«, schnauzte Whitey.
Whitey wußte genau, wie gefährlich es war, auf die Bank zu gehen. Möglicherweise war der Haftbefehl bereits erlassen und die Bank wurde beobachtet. Aber es konnte auch sein, daß eine Verzögerung eingetreten war. Mutig wie immer, war Whitey bereit, dieses Risiko einzugehen.
Lambaire ging erst noch in sein Zimmer, bevor er das Haus verließ. Nach einer halben Stunde war er wieder zurück. Whitey stand nachdenklich mit dem Rücken zum Kaminfeuer.
»Da bin ich wieder, wie du siehst«, verkündete Lambaire wie nach einem harmlosen Spaß. »Ich bin nicht davongelaufen.«
»Nein«, gab Whitey zu. »Ich vertraue Ihnen mehr als Sie mir – obwohl Sie mit dem Gedanken gespielt haben, mit der Beute zu verduften, als Sie aus der Bank kamen.«
Lambaire wurde rot.
»Wie – woher weißt du – was willst du damit sagen?« polterte er.
»Ich bin Ihnen in einem Taxi nachgefahren«, erklärte Whitey schlicht.
»Und das nennst du Vertrauen?« beschwerte sich Lambaire.
»Nein«, entgegnete Whitey kühl, »das nenne ich vernünftige Vorsicht.«
Lambaire lachte, was bei ihm selten vorkam.
Dann zog er aus der Brusttasche zwei dicke Notenbündel.
»Das ist für dich, und das gehört mir. Es sind lauter Fünfziger. Wenn du willst, können wir nachzählen.«
Mit flinken Fingern blätterte er die Scheine durch.
»Und was haben Sie jetzt vor?« fragte Whitey.
»Ich will zum Kontinent. Über Harwich. – Wir trennen uns am besten.«
Whitey nickte.
»Ich gehe nach Irland«, log er. Dann sah er auf die Uhr. Es war

fast zehn.
»Also dann – auf Wiedersehen.«
Um elf fuhr ein Zug von der Victoria Station zum Kontinent – ein sehr gefährlicher Zug, wie Whitey wußte, denn er wurde scharf beobachtet. Ein anderer ging etwas früher von Holborn ab – mit Halt in Herne Hill.
Whitey beschloß, in einem Reisebüro im Ludgate Hill eine Fahrkarte zu kaufen und von dort bis nach Herne Hill ein Taxi zu nehmen.
Bevor er die Fahrkarte kaufte, fiel ihm noch etwas anderes ein. Er trat an den Schalter des Geldwechslers. »Ich möchte bitte für hundert Pfund französisches Geld.«
Er nahm zwei Fünfzigpfundnoten und schob sie unter dem Gitter durch.
Der Angestellte schaute sie an, knisterte damit.
»Ist Ihnen nichts aufgefallen?« wandte er sich an Whitey.
»Nein.«
Whitey fühlte, wie sein Herz ins Bodenlose sank.
»Beide haben die gleiche Nummer«, sagte der Angestellte. »Sie sind falsch.«
Mechanisch holte Whitey das Notenbündel aus der Tasche. Sie hatten alle die gleiche Nummer.
Seine offensichtliche Verwirrung bewahrte ihn vor peinlichen Fragen.
»Hat man Sie angeschmiert?«
»Ja«, murmelte der Betrogene.
Ein Taxi fuhr an den Randstein, als er die Hand hob. Er nannte die Adresse von Lambaires Hotel.
Lambaire war fort, als er dort ankam.
Er ging in Lambaires Zimmer. Bei seiner fluchtartigen Abreise hatte dieser eine Menge Dinge zurückgelassen. Whitey steckte das Bündel Falschgeld in einen herumstehenden Koffer. Falls man ihn erwischte, wollte er keine Beweise dieser Schurkerei bei sich haben.
Das Zimmer schien keine Hinweise auf Lambaires Reiseziel zu enthalten. Da erblickte Whitey einen Reiseführer. Dieser öffnete sich fast von selbst auf einer bestimmten Seite, ganz so, als sei diese Seite öfter als andere konsultiert worden.
»Ausflug nach Holland, aha!« sagte Whitey. »Keine schlechte

Idee, Lammie: Ausflugszüge werden nicht überwacht.«
Der Zug verließ Holborn um Viertel vor elf. Er sah auf die Uhr: Es war zwanzig vor, und den Zug zu erreichen schien ein Ding der Unmöglichkeit. Dann aber hatte er eine Idee. In der Halle des Hotels gab es ein Telefon, das für gewöhnlich immer besetzt war. Zu seinem Glück war es gerade frei, und zu seinem noch größeren Glück wurde er ziemlich schnell mit einem Auskunftsbeamten der Victoria Station verbunden.
»Ich möchte wissen«, fragte er hastig, »ob der Ausflugszug um zehn Uhr fünfundvierzig von Holborn nach Holland noch an anderen Bahnhöfen von London hält?«
»An jedem bis Penge«, kam die prompte Antwort. »Es steigen in allen Vororten Fahrgäste zu.«
»Und wann fährt er in Penge ab?«
Er zitterte vor Ungeduld, während der Beamte den Fahrplan studierte.
»Elf Uhr achtzehn«, lautete die Antwort.
Das reichte. Etwas mehr als eine halbe Stunde. Er rannte aus dem Haus. Nirgends ein Taxi. Aber in der Nähe war ein Standplatz. Er war noch nicht weit gegangen, als ihn ein leerer Wagen überholte.
»Bahnhof Penge«, sagte er. »Sie kriegen einen Sovereign Trinkgeld, wenn wir schneller als in einer halben Stunde dort sind.«
Der Fahrer zog eine Grimasse.
»Ich will's versuchen.«
Das Taxi raste mit überhöhter Geschwindigkeit durch die Stadt. Nach dem verkehrsreichen West End waren die Straßen ziemlich frei. Genau siebzehn Minuten nach elf standen sie vor dem Bahnhof Penge.
Der Zug war schon zur Abfahrt bereit, als Whitey zum Bahnsteig rannte.
»Fahrkarte!« verlangte der Mann an der Sperre.
»Ich hab keine – ich bezahle im Zug.«
»Ohne Fahrkarte können Sie nicht einsteigen, Sir«, sagte der Mann.
Der Zug stand wenige Meter entfernt und setzte sich langsam in Bewegung. Whitey wollte davonstürzen, aber eine starke Hand hielt ihn fest und zog ihn zurück. Vor seiner Nase knallte die Schranke zu.

Mit weißem Gesicht und verkrampften Fingern lehnte er sich gegen die Wand.
Irgend etwas an seiner Erscheinung mußte den Beamten rühren.
»Ich kann nichts dafür, Sir, es ist nicht –«
Er hielt inne und blickte in Richtung des abfahrenden Zuges. Dann beugte er sich rasch vor und öffnete die Schranke.
»Hier – schnell. Das Signal steht auf ›Halt‹, vielleicht erwischen Sie ihn noch.«
Die hintersten Wagen hatten den Bahnsteig noch nicht verlassen, und Whitey schwang sich nach einem Sprint auf das letzte Trittbrett, bevor der Zug wieder anfuhr. Erschöpft sank er auf einen Sitz.
Whitey war ein Mensch von beachtlicher Vitalität, und eine solche körperliche Anstrengung vermochte ihm normalerweise nichts anzuhaben. Seine Erschöpfung hatte denn auch einen tieferen Grund.
»Und das mir!« murmelte er immer und immer wieder. »Ausgerechnet mir!«
Es war nicht der Verlust des Geldes, der ihn schmerzte, es war Lambaires Betrug: die Unterschiebung der falschen Noten und das irrsinnige Risiko, dem er dadurch ausgesetzt gewesen war. Whiteys Entschluß war gefaßt.
Gegen Amber hegte er keinen Groll. Er akzeptierte die Überlegenheit und achtete den Scharfsinn dieses Mannes, der ihn mit seinen eigenen Waffen geschlagen hatte. Er hatte auch nichts gegen das Gesetz, das seine Hand nach ihm ausstreckte – er wußte, daß er von Amber keine Gnade mehr erwarten konnte. Seine Wut war gegen Lambaire gerichtet, dessen rechter Nebenmann er bei so manchem krummen Geschäft gewesen war. Sie hatten zusammen Schwindelgesellschaften gegründet, hatten in »spanischem Silber« gemacht, waren an den kühnsten Falschgeldtransaktionen beteiligt gewesen. Daher stammten auch jene Noten, mit denen ihn Lambaire hereingelegt hatte. Der Drucker hatte den Fehler gemacht, sie alle gleich zu numerieren.
»Für die Öffentlichkeit genügten sie nicht – aber für mich waren sie gut genug«, dachte Whitey und streckte den Unterkiefer vor.
Es regnete in Strömen, als der Zug in Chatham einfuhr. Whitey stellte den Kragen hoch, zog den Hut ins Gesicht, hielt sich ein

Taschentuch vor den Mund, verließ sein Abteil und lief die Wagen entlang.
Die dritte Klasse war schlecht besetzt – dieser »Ausflug« schien kein sonderlicher Erfolg zu werden. Whiteys Augenmerk richtete sich jedoch auf die erste Klasse, die ebenfalls ziemlich leer war. In der Mitte des Zuges fand er seinen Mann, allein in einem Abteil. Er warf einen Blick hinein und ging weiter. Als sich der Zug wieder in Bewegung setzte, ging er zurück, öffnete die Tür des betreffenden Abteils und trat ein.

Es gab noch andere Leute, die annahmen, daß Lambaire in diesem Zug war. Mit Höchstgeschwindigkeit raste Amber durch Kent. Nicht auszuschließen, daß er ebenfalls in Penge zugestiegen wäre, wenn er von dieser Möglichkeit gewußt hätte. Für zwei Menschen wäre es jedenfalls besser gewesen.
Neben Amber saß ein Chefinspektor von Scotland Yard – sein Name war Fell.
»Ich glaube, wir schaffen es«, sagte Amber nach einem Blick auf die Uhr. »Außerdem haben Sie ja Ihre Leute dort.«
Der Inspektor nickte. Sprechen konnte man bei dieser Geschwindigkeit schlecht. Immerhin schwang er sich dazu auf, seine Überraschung zu äußern, daß Amber sich die Mühe machte, persönlich hinzufahren.
Aber Amber, der den Anfang der Geschichte miterlebt hatte, wollte den Schluß nicht von anderen hören.
Sie erreichten die Schiffsstation, als der Zug gerade einfuhr, und rannten den nassen Kai entlang, während die Reisenden bereits auszusteigen begannen. An jeder Gangway standen zwei Beobachter.
Schließlich gingen die letzten Passagiere an Bord.
»Sie sind wohl doch nicht im Zug gewesen«, sagte Amber enttäuscht. »Wenn –«
In diesem Augenblick trat ein Bahnangestellter auf sie zu.
»Gehören Sie zur Polizei?« fragte er. »In einem der Wagen stimmt etwas nicht...« Er führte sie hin und gab unterwegs ein paar unzusammenhängende Erklärungen ab. »... ein Herr, der nicht aussteigen will...«
Sie erreichten den Wagen, und Amber öffnete die Tür des Abteils.

»Kommen Sie, Whitey«, sagte er ruhig.
Aber der Mann, der in einer Ecke saß und langsam zwei Bündel Banknoten zählte, schenkte ihm keine Beachtung.
»Diese hier sind echt«, murmelte er, »und diese hier auch – was, Lammie? Sind alle echt, und die andern waren falsch. Was für ein dummer, dummer Esel! Mein Gott, was für ein Esel sind Sie doch immer gewesen!«
»Kommen Sie jetzt«, befahl Amber.
»Hallo, Amber«, grüßte er lächelnd. »Ich komme ja schon. Wie geht's unserm Diamantenfluß, hm? Ein hübsches Geschäft – und hier ist Geld –, sehen Sie.«
Er streckte ihm ein Bündel Banknoten entgegen. Sie waren schmutzig und blutverschmiert.
»Sie sind echt«, erklärte Whitey. Seine Lippen zitterten, und in seinen Augen funkelte ein Licht, das früher nicht darin gewesen war. »Die andern waren falsch. Ich mußte den guten Lammie umbringen – er ärgerte mich.«
Es folgte ein schreckliches Lachen.
Sie fanden Lambaire unter der Polsterbank. Er hatte eine Kugel im Herzen.

Leseprobe aus Scherz-classic-Krimi 951

DAS BESTE VOM BÖSEN

von Giorgio Scerbanenco

»Herr Direktor, Herr Direktor, sind Sie es, Herr Direktor?« Lili tauchte am Ende des trüb beleuchteten Korridors auf. Sie hatte den schwarzen Kittel abgelegt und trug ein kurzes, gelbes Kleid, das ihre zarten Rundungen noch mehr betonte.
»Ja, ich bin es. Komm her!« rief er. Im gleichen Augenblick wurde ihm seine Dummheit klar: Er hatte sich bluffen lassen. Während er durch Lili von rechts abgelenkt wurde, sprang ihn von links einer der Ganoven an und schlug ihm ein Bleirohr, das er mit beiden Händen hoch erhoben hatte, mit voller Kraft auf den Schädel. Der Elefant sah aus den Augenwinkeln, wie der Jäger zum Schlag ausholte, aber er hatte keine Zeit mehr auszuweichen. Ohnmächtig brach er zusammen.
Als er nach ein paar Minuten wieder zu sich kam, war er entwaffnet, nackt, und an Händen und Füßen gefesselt. Zwei Gangster richteten ihn auf und stützten ihn. Er schaute sich um: Er befand sich in der Stanzwerkstatt. Die Halle war nur notdürftig beleuchtet, ganz in seiner Nähe stand die größte und stärkste Presse der Fabrik, eine Davidson, die vier übereinandergelegte Stahlbleche mit einem Schlag in vierzigtausend kleine Reißnägel verwandelte. Er selbst hatte die Anschaffung dieser Maschine vorgeschlagen. Noch halb betäubt erkannte er dann das Gesicht des Pockennarbigen und hörte seine Stimme:
»Du bist ein Spitzel und wirst den Tod eines Spitzels sterben, damit alle, die versucht sein sollten, es dir nachzumachen, wissen, was sie erwartet. Die Presse hier, die größte in der Fabrik, wird dich plattdrücken wie eine Flunder, du häßlicher Kleiderschrank!«
Jetzt war dem Elefanten klar, warum sie ihn ausgerechnet in die Fabrik gelockt hatten. Der Elefant ist, wie bereits gesagt, ein neugieriges Tier, das alles genau verstehen will, auch seinen Tod. Aber er wollte auch dem Expeditionsleiter, der diese Safari so genial ausge-

heckt hatte, die ihm gebührende Antwort nicht vorenthalten: Er spuckte ihm in die narbige Visage.
»Du dreckiger Spitzel!« schrie der Pockennarbige und wischte sich das Gesicht ab. »Legt ihn unter die Presse!«
»Nein, das dürft ihr nicht!« schrie Lili aus einer dunklen Ecke der Werkhalle. »Bringt ihn von mir aus um, aber nicht so!«
Man hörte einen unterdrückten Aufschrei, und Lili schwieg, weil sie einen Faustschlag auf den Mund bekommen hatte.
»Legt ihn unter die Presse!« wiederholte der Boss.
Die beiden Gangster hoben ihn unter die Presse. Der Elefant fühlte die ölige Kälte des Metalls auf seinem nackten Bauch und dachte an Assunta. Arme, arme Assunta! Wenn sie die Nachricht von seinem Tod erhielt, würde sie den Verstand verlieren, davon war er überzeugt.
»Roberto, los, wirf die Maschine an!« befahl der Pockennarbige.
Roberto war der Elektrofachmann der Bande und ein echter Ganove. Aber es gibt eben doch Dinge, vor denen auch ein echter Ganove zurückschreckt. Einen Menschen so kaltblütig umzubringen, machte nicht nur Lili angst, sondern ihm auch.
»Ja«, sagte er.
Dem Pockennarbigen zu widersprechen, wagte so leicht niemand. Roberto drückte auf den roten Knopf, aber nichts geschah. Was Roberto übrigens von vornherein gewußt hatte. Um die schwere Davidson-Presse einzuschalten, mußte man vor dem roten Knopf auf den grünen Sperrknopf drücken und dann noch auf den blauen, damit die Schutzvorrichtung für den Arbeiter ausgefahren wurde.
»Was ist los?« fragte der Pockennarbige. »Warum funktioniert sie denn nicht? Laß mal sehen. Hier sind drei verschiedene Knöpfe . . .«

Bitte lesen Sie weiter in Band 951

der Scherz-classic-Krimis:

DAS BESTE VOM BÖSEN

von Giorgio Scerbanenco